目次

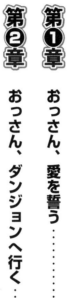

タクマ
異世界に飛ばされてきたおっさん。趣味を楽しみながら異世界を旅する。
ユキ
タクマが保護したエルフの赤ちゃん。
夕夏《ゆうか》
タクマの婚約者。タクマと同じように異世界に飛ばされてきていた。
主な登場人物

コラル
タクマの
尻拭いばかり
させられている領主。
お酒好き。
チコ
王国の兵士。
温厚だが
意志の強い性格。
ファリン
タクマの仲間で、
面倒見のいい女性。
アンリ
宿屋「止まり木亭」の
看板娘だった。
今はタクマが作った
宿で働いている。
タクマの仲間達
ヴァイス
ゲール
アフダル
ネーロ
ジュード
ブラン
レウコン
ナビ
アルテ
ヴェルド

第❶章

おっさん、愛を誓う

1　商会と店の命名

異世界・ヴェルドミールに飛ばされてきたおっさん、タクマ。

タクマは孤児や困っている人々と触れ合い、彼らを家族と呼んでともに暮らすようになった。動物の姿をした守護獣《しゅごじゅう》達や、異世界で再会した恋人の夕夏《ゆうか》も一緒に暮らしている。

夕夏と再会してから、タクマは結婚式の準備を進めていた。その途中、エルフの森で赤ん坊のユキを保護したり、トーランの町で宿と食堂のオーナーを始めたりした。

こうした紆余曲折《うよきょくせつ》を経ながらも、ついに本格的な結婚式のリハーサルを行うまでにこぎつけた。

本番さながらのリハーサルでは、式の最後に行う食事会も開催された。会場となったのは、開店前のタクマの食堂だ。食堂で出すメニューの試食を兼ねたその会には、タクマの家族や知人が大勢集まった。そして、無事に大成功を収めたのだった。

◇　◇　◇

食事会を終え、タクマ達はトーランの町から少し離れた、湖畔《こはん》の自宅へ戻る。

お腹いっぱい食べた子供達は風呂に直行していった。

「ふう。なんだか疲れたな」

タクマがソファに座って一息吐《つ》く。

その隣にはタクマの恋人であり、婚約者である夕夏がいる。

「リハーサルなのに、見物人も参加者もすごい規模だったものね」

彼女はぐったりしながら言う。

「でも、トーランの人達が私達を好意的に見てくれているって分かって、嬉しかったわ」

結婚式ではパレードを行う。そのリハーサルは、教会までの道を規制して行われたのだが、トーランの人々は規制を迷惑がりもせず、道沿いでにこやかに見守ってくれたのだ。

二人の傍《かたわ》らに控えていたタクマの執事、アークスが口を開く。

「トーランの住人は、珍しいものが好きなんです。鉱山都市で大した娯楽もありませんからね。めでたい催しがあれば、皆《みな》喜んで参加します」

トーランでは、行事の際は町全体で協力し、とことん楽しみ尽くす気風があるという。

「なるほどね。要は騒げるネタが見つかって喜んでいるというわけかしら」

「身《み》も蓋《ふた》もない言い方ですが、そうなります」

夕夏の言葉に、アークスが苦笑いして言う。

タクマは満足げに口を開く。

「今日は色んな人に、結婚式で出す料理を試食してもらえたな。開店後に食堂で出すメニューもあったが、そっちも喜んで食べてもらえそうだ」

「そうね。私達日本人に合わせた味つけで、ここで受け入れられるか心配だったけど、みんな満足そうだったわね」

アークスも二人に続いて言う。

「私も以前から日本食をおいしいと感じていたので、大丈夫だと思っていましたよ」

「ああ、これで式の前に味つけを変更せずに済むな。ファリン達も食べてくれる人の姿を直《じか》に見られて安心できただろう」

食事会の料理は子供達にも大人達にも好評で、みんなが笑顔で楽しんでいた。食堂を任されているファリンをはじめとした従業員は、その光景を嬉しそうに見ていたのだ。

ふとアークスが、思い出したように言う。

「食堂は式の翌日から開店予定ですが、そういえば大切な事が決まっていません」

その言葉に、タクマも気付く。

「あ、店の名前か……」

「そうです。開店前に商業ギルドに登録しなければなりません」

食堂と宿の名前を考えなくてはならないのを、タクマは忘れていた。加えてギルドに登録する商会の名前も必要だ。特に食堂と宿は、名前が決まらないと看板の注文もできない。

「できればなるべく早くお願いします」

オーナーはタクマなので、責任を持って名前をつけるように、アークスから念を押される。

しかし、タクマは自分一人で名前を決める事に違和感があった。

「うーん、名前か……」

タクマが悩んでいると、風呂から出た子供達が居間に戻ってきた。

たくさん動いて、お腹いっぱい食べて、お風呂で十分に温まった子供達は、すっかり眠そうな様子だ。少し早い時間だったが、部屋へ戻って寝るようにと、アークスが子供達を促す。

「うん……寝るー……」

「おとうさん、おかあさん。おやすみー」

「「おやすみ」」

子供達はとろんとした目をこすりながら、寝室へ移動していくのだった。

◇　◇　◇

翌日――タクマは朝早くから、居間に関係者を集めた。
やって来たのは、ファリン達食堂の従業員、宿屋止《と》まり木亭《ぎてい》を営んでいたスミス一家をはじめとした、タクマの食堂や宿で働く予定の湖畔の大人達だ。

スミスが不思議そうな表情で口を開く。

「タクマさん。みんなで屋号《やごう》を決めると聞いて集まったが……」

他のメンバー達も同様に意外そうな顔をしている。新店を作る際、店の屋号は組織のトップが決めるのが通例だからだ。

タクマはみんなの顔を見まわすと、店名決定のために集まってもらった理由を告げる。

「普通の商会では、トップが決めるのかもしれない。でも、俺の商会は家族全員で、協力し合って運営していきたいんだ。だから屋号も、みんなで決めたい。その方が自分達の店という感じがして働く気概《きがい》も出るし、繁盛《はんじょう》させたいって気持ちも強まるだろ？」

それから、タクマはスミス一家に目をやる。

「ただ、宿の名前は止まり木亭にしたいなら、それでも……」

「それはダメです！」

タクマが言い終わる前に、止まり木亭の看板娘だったアンリが拒否した。彼女は更に続ける。

「宿はタクマさんのものなんですから、新しい名前を決めないと！　止まり木亭という屋号は、私達にとって大事なものです。でも、タクマさんの宿に使うのは違う気がするんです！」

止まり木亭は、かつてタクマが客とひと悶着《もんちゃく》起こしたあとで悪い噂が広まり、廃業に追い込まれてしまった。だからタクマは責任を取ろうと考えたのだが……

スミスも、アンリと同じように首を横に振って言う。

「タクマさん。私達の事を気遣ってくれるのはとても嬉しい。だが、もうあの宿は閉めたんだ。止まり木亭の屋号は、俺達の思い出の中にしまってある。俺達は新しい一歩を踏み出すためにここへ来たんだ。だからこそ、宿の名は新しく決めたい」

タクマは少し考えたあと、納得して頷いた。

「分かった。宿の名前だけはスミスさん達の意向に沿いたいと思っていたが、そういう事なら新しい名前を考えよう」

そして、全員に明るく声をかける。

「じゃあ、早速《さっそく》命名会議だ。案があれば遠慮なく言ってくれよ」

こうして、会議が始まった。

「タクマの宿じゃダメなのか？」

「そのまんまじゃない。タクマさんの名前を表に出すのも、なんかピンとこないわ」

がやがやと意見が交わされるものの、これといった案は出てこなかった。

タクマの後ろで控えていたアークスが、見かねて声をかける。

「皆さん。タクマ様の名前をストレートに出すのではなく、タクマ様の身近な存在を名前に使うのはどうでしょう？　そうすればおのずとタクマ様の事が連想されると思うのです」

「身近な存在……？　あ、そうか！　ヴァイス達だ！」

ファリンが思わずといった調子で声をあげた。

タクマはたくさんの守護獣を率いる存在として認知されている。

狼《おおかみ》の守護獣ヴァイス、虎《とら》の守護獣ゲール、鷹《たか》の守護獣アフダル、猿《さる》の守護獣ネーロ、兎《うさぎ》の守護獣ブラン、蛇《へび》の守護獣レウコン。かわいい守護獣達に囲まれている姿は、トーランの住人達にも馴《な》染《じ》み深い。

だからこそヴァイス達をモチーフにすれば、タクマの商会だとすぐ分かり、同時に守護獣達の姿が浮かんで親しみを感じてもらえるだろうと誰もが感じた。

「いいなそれ……」

「それに、全部の店にタクマさんに関連性のある名前がつけられるわ」

アークスにきっかけを与えられ、議論が一気に進む。

早速大人達が声をあげる。

「じゃあ、一番規模の大きい商会の名前にヴァイスを使いましょうよ。ヴァイスの名前をそのまま使うのはありきたりだから……そうね、白狼商会《はくろうしょうかい》なんてどう？」

「ヴァイスの毛並みは真っ白だからな。タクマさん、どう思う？」

タクマもぴったりだと感じ、商会の名前は白狼商会にすると決まった。

「宿にはアフダルを使うのがいいと思うんです。鳥は旅を連想させるし……」

そう語り始めたのはアンリだ。アンリは少し考えたあと、ゆっくりと口を開く。

「鷹《たか》の巣亭《すてい》……はどうかな？」

止まり木亭という以前の宿の名も、鳥を思わせるものだった。そこには一時の宿ではあるが、鳥が巣に帰った時のようなほっとした気持ちをお客に味わってもらいたいというスミス一家の思いが込められていた。

だからアンリは、今回も鳥であるアフダルを使いたいという。

その気持ちをタクマ達も理解し、みんなが賛同する。

「じゃあ、宿は鷹の巣亭に決定だ。最後に、食堂はどうする？」

タクマがそう問うと、ファリンが勢いよく言う。

「食堂はゲールがいいわ。ヴァイスの次にタクマさんの所に来た古株《ふるかぶ》だもの」

ファリンは守護獣がタクマのもとに来た順番まで考慮していた。

いったん考え込むと、何か閃《ひらめ》いた顔で口にする。

「ゲールの毛色はきれいな黄色……だから食事処《しょくじどころ》琥珀《こはく》っていうのはどうかしら？」

「食事処琥珀……いいんじゃないか？」

タクマがそう答えると、他の家族達もうんうんと頷いた。

「食事処琥珀で決まり？」

「ゲールも喜びそうだ」

全員が支持し、食堂の名は食事処琥珀となった。

こうして、タクマの立ち上げた商会は白狼商会、宿は鷹の巣亭、食堂は食事処琥珀と、それぞれ名づけられ、ギルドに登録される事になった。

◇　◇　◇

タクマ達が屋号について話し合いをしている頃――結婚式が行われる予定のトーランでは、ヴァイス達と子供達が、パレードの練習を行っていた。

「はい！　ヴァイスとマロンはこの位置で待機を。ここから教会まで馬車を引いていただきます。他の守護獣と従魔《じゅうま》の皆さんは、馬車の上の決められた立ち位置に向かってください」

ヴァイス達に丁寧に説明しているのはレンジだ。彼はトーランの領主・コラルの部下であり、式を取り仕きる役目を担っている。

ちなみにマロンは夕夏につき従う従魔の牛で、馬車を引くにはぴったりだった。

「アウン？（ここでいいのかなー？）」

「ブルル……（おそらくは……このあとで指示があるだろうな……）」

ヴァイスとマロンがレンジに言われた通り待っていると、馬車の軛《くびき》が二匹に繋がれた。

作業が終わったところで、レンジが話しかける。

「いかがです？　動きやすさに問題はないですか？」

少し体を動かしてから、二匹は頷く。

「良かったです。では、実際に歩いてみましょう」

レンジはヴァイス達に、人間と同じように接していた。ヴァイス達が人の言葉を理解し、賢くて個性もあると聞いていたからだ。

レンジは二匹の準備が整ったところで、子供達にも声をかける。

「では、全員で練習を行います。怪我《けが》には気を付けてくださいね。用意はいいですか？」

「「「「はーい！」」」」

子供達とヴァイス達は元気に返事をして、行進の練習に入るのだった。

◇　◇　◇

話し合いを終えたタクマは執務室《しつむしつ》に移動し、ギルドに出す登録書類に目を通していた。

大量の書類全てを確認し、サインをし終えると、アークスに手渡す。

「ふう……これで全部かな？」

「はい。これで滞《とどこお》りなく登録ができます」

アークスは書類をチェックし、すぐに退室していった。

「あとは開店を待つだけだな」

タクマはそう呟くと、使用人に飲み物を頼んで一息吐いた。

その時、遠くにいる相手と会話ができる遠話《えんわ》のカードが光り始めた。

タクマは魔力を流して応答する。

『タクマ殿か？　忙しいところすまん。今、大丈夫か？』

カードから聞こえたのは、コラルの声だった。

「休憩していたので大丈夫です。どうかしましたか？」

『ちょっと聞きたいのだが、宿と食堂の開店日時は決まったか？』

「俺と夕夏の結婚式が済み次第、開店する予定です」

すると遠話のカードの向こうで、コラルが黙り込んだ。

「？　何か不都合がありますか？」

不思議に思ったタクマは、コラルに詳しく話すよう促す。

『う、うむ。君が結婚式が近く、忙しいのは重々《じゅうじゅう》分かっているのだが……』

タクマの宿と食堂の開店を、できる限り早めてほしい。それがコラルの用件だった。

トーランの町はタクマの手ですさまじい発展をとげている。おかげでたくさんの人が流れ込み、宿や食堂は混雑していた。

しかもやって来る人は日に日に増えつつあり、そろそろ既存の宿や食堂で対応するには限界を迎えそうだという。他の宿も拡張工事を予定しているが、間に合いそうにない。

『君の宿なら相当な人数を泊められる。それに食堂も客の回転が早いそうじゃないか。だから君の宿と食堂さえ開店したら、他の宿の拡張が終わるまで、どうにかできると思うのだ』

「なるほど……しかし開店のタイミングは、みんなで話し合わないとなんとも言えません。確かに俺の店ではありますが、運営は家族に任せていますので」

コラルはタクマの事情も承知しているようで、返事は話し合いのあとで構わないと言う。

そこでタクマは、コラルに確認する。

「では、今から全員を集めて話し合います。返事は明日でも構いませんか？」

コラルは了承した。ただし話し合いが終わり次第結論を聞きたいので、結果を伝えに来てほしいとの事だった。

タクマは通話を切った。それから家族みんなで話し合うために、トーランの食事処琥珀へ――一度行った場所を訪れる事のできる魔法・空間跳躍《くうかんちょうやく》で移動する。そこで食堂の従業員達を集めると、そのまま全員を引き連れて鷹の巣亭へ向かった。


宿でタクマ達を出迎えたアンリは、やや不安そうな表情を浮かべて言う。

「あれ、タクマさん。どうしたんですか。お店の名前に不備でも？」

「いや、急いで決めたい問題が出てきてな。悪いんだけど、みんなを集めてくれるか？」

「は、はい。今呼んできますね」

アンリはすぐさま宿の者を集める。これでタクマの店の関係者全員が揃った。

2　開店

「さて、商会長のタクマ殿が来たという事は、何かあったのじゃな？」

集まった従業員の代表として、商会の相談役であるプロックが尋ねた。

そこでタクマは、コラルから聞いた話をみんなに共有する。

「ああ、コラル様から要請があったんだ。この宿と食堂の開店を急いでほしいと言われている。他の宿も拡張工事を進める予定だが、町にやって来る人間が多すぎて満員になりそうらしい」

「ふむ。つまり他の宿の工事のため、タクマ殿の宿や食堂に時間を稼いでほしいというわけじゃな」

「おおむねそんな感じだ」

タクマの話を聞いたプロックが、スミスに問いかける。

「……スミス亭主、宿の準備はどうかのう？」

「人手の確保や教育は滞りなく進んでいます。開店が早まっても問題ありません」

スミスが余裕を持って準備していたのを知って、タクマは感心して口にする。

「じゃあ、開店を早められるのか？」

「ええ。それどころか、実はみんな今か今かと待っていたくらいなんです」

スミスが言うと、宿の従業員から次々に「そうだ」「いつでもいけるぜ」と声があがった。

その様子を見て、スミスは満足げな表情でタクマに告げる。

「この通り、やる気は最高潮です。タクマさんが開店と言えば、いつでも動き出せますよ」

「というわけで商会長、鷹の巣亭は問題ないようじゃ。食事処琥珀も似たようなものじゃろう？」

ブロックに聞かれ、今度はファリンが胸を張って答える。

「私達も準備は整っているわ。食堂も宿も、出すメニューは決まってる。いつでも大丈夫よ」

ファリンだけでなく、他の従業員達も自信に満ちた表情だ。

こうしてみんなの士気の高さを確認したところで、ブロックがタクマに決断を促す。

「ならば、あとは開店の日を決めてもらうだけじゃな。商会長、いつがいいんじゃ？」

知らぬ間に準備を整えてくれた従業員に感謝しつつ、タクマは口を開く。

「三日後の昼に、同時開店でどうだ？　こんなにやる気が充実しているなら、なるべく早く開店すべきだ。コラル様に報告すれば、町中に報《しら》せてくれるだろう。それまでは各自、最高のスタートを切れるように抜かりなく準備を進めてくれ」

「「「「ハイ!!」」」」

集まった従業員達は大きな声で答えると、それぞれの持ち場へ足早に戻っていった。

タクマはその後ろ姿を誇らしい気持ちで見送る。

すると、プロックがしみじみとした様子で声をかけてきた。

「みんな、目が輝いておるのう。まるで店を始められる時を待っていたかのようじゃ」

「そうか……俺は式が終わったあとで取りかかる気でいたから、コラル様の要請があった時は少し焦ってしまったんだが……」

苦笑いを浮かべたタクマに、プロックは微笑みながら言う。

「普通は焦るのが当然じゃ。じゃが、彼らはいつでも店を開けられるよう、熱意を持って行動していたんじゃな」

「なるほどな。俺とは心構えに差があったのか……」

そのおかげで開店を早められる事に感謝しながら、タクマはコラルに報告へ向かった。


コラル邸《てい》に到着すると、すぐに執務室へ通される。

「タクマ殿、すまんな。君も大事な式が控えているというのに……」

出会うなり、コラルがすまなそうに頭を下げた。

「お気になさらないでください。みんなと話し合って、開店日を決めてきましたから」

タクマの言葉に、コラルは驚いて顔を上げた。まさかこんなにすぐに決まると思わなかったのだ。

タクマは笑みを浮かべながら告げる。

「宿と食堂、どちらも三日後の昼に開店できます」

「なんだと⁉　そんなにすぐ開けられるのか⁉」

コラルの表情がパッと明るくなった。

「みんな、いつでも店を開けられるように、準備を進めてくれていたんです」

「ありがたい……分かった。では、すぐに各宿に連絡を行おう。誰か、誰かいないか⁉」

コラルは大きな声で部下を呼ぶ。そして、やって来た部下に手短に告げる。

「各宿に、三日後の昼に富裕層向けの宿がオープンすると伝えろ。ただし客がタクマ殿の宿に押し寄せては混乱が起きる。それを防ぐために、我々が宿の拡張予定地で事前受付を行う」

「分かりました。各部署に協力を要請後、他の宿に通達を行います」

コラルの部下はそう言うと、速《すみ》やかに執務室から出ていった。

◇　◇　◇

開店の日時が決まってからは、あっという間に時間が過ぎた。

鷹の巣亭と食事処琥珀では慌ただしく従業員が働き、開店に備えていた。

アンリとファリンは、オープン記念に初日だけ浴衣を着る事に決まった。

そうして開店当日の昼前――タクマは夕夏とともに食事処琥珀にやって来た。

二人は、目の前の光景に唖然《あぜん》とする。

「これは……すごいな……」

「たかが食堂よ？　なんでこんなに並んでるの⁉」

食堂の前はたくさんの人でごった返している。

「ちゃんと列に並んでください！　最後尾《さいこうび》はこちらです！　そこの方！　はみ出さないで！」

コラルから派遣された役人が、客が道を占拠《せんきょ》しないよう列の形成を行っている。

タクマ達はその行列の間をかいくぐり、なんとか食堂の中へ入る。

食事処琥珀の中では、ファリンが従業員達に声をかけ、士気を高めていた。

「みんな！　もう少しで開店よ！　準備はいい⁉」

「ファリン。外にすごい行列ができてるが、大丈夫か？」

タクマが若干不安になって尋ねると、ファリンは笑顔で答える。

「私達も驚いたわ。だけど大丈夫！　今日は扱うメニューを丼《どんぶり》に絞ったの」

「なるほど……すぐ食べられるメニューにして、回転率を上げるのね」

夕夏は感心して頷く。たくさんの人が来るだろうと予想して、先手を打っていたというわけだ。

ファリンが嬉しそうに言う。

「せっかく開店できたんだから、オープン直後はできるだけたくさんの人達に食べていってほしいのよ」

「そうだな。開店直後は一番客が集まる時期だ。そこで多くの固定客がつけば店にとっても言う事なしだろう。数日は大変だろうが、頑張ってくれ」

やって来る客に備える店内は戦場のようだ。

タクマと夕夏はこれ以上留まっても邪魔になると思い、みんなを励まして食堂の外に出ようとした。

するとそこに、扉を叩く音が響いた。

「おおーい。開けてくれ！　例のもん持ってきたぞー」

ファリンがすぐ扉を開けると、大工の棟梁《とうりょう》と弟子が入ってきた。

「おう！　どうにか間に合ったぞ！　ん？　タクマじゃねえか。ちょうどいい！　良い出来に仕上がったぞ。見てみろ！」

棟梁はそう言って、弟子に持たせていた大荷物をほどいた。

包みの中に入っていたのは看板だった。そこには食事処琥珀という店名とともに、デフォルメされたゲールの姿が彫られている。

夕夏は思わず声を漏らす。

「かわいい……」

従業員たちもそれに続くように、いっせいに歓声をあげた。

みんなの反応を受け、棟梁が誇らしげに言う。

「なかなかの出来映えだろう？　アークスから急ぎで欲しいと言われたから、実物そっくりな彫り物は難しかったんだが……」

時間の関係でデフォルメされたゲールは、マスコットのような魅力があった。

人気が出そうだと感じたタクマが言う。

「むしろこっちの方がいい。店に来る人達も親しみやすいだろうし、ゲールもかわいくしてもらえて喜ぶと思う」

「そうか？　もっと威厳《いげん》のある看板の方が良いと思ったんだが……」

確かに、棟梁が言うようにリアルなものにすれば、立派な食堂という印象になったかもしれない。

しかし、食事処琥珀は大衆食堂だ。一般の人が尻込みするような高級感は必要ない。

タクマがそう伝えると、棟梁は納得して頷く。

「なるほど……取っつきやすさが大事ってわけか。じゃあ、この看板を納品で構わないんだな？」

「ああ。きっとこの食堂の象徴になると思う」

「そう言ってくれると、急いで作った甲斐があるってもんだ。じゃあ、こっちの宿の看板はどうだ？」

そう言って棟梁が取り出したのは、鷹の巣亭の看板だった。

こちらには、アフダルの姿が格好良く彫り込まれている。

「宿は富裕層向けと聞いていたからな。高級感が出るようにしてある。どうだ？」

どちらの看板も店にふさわしいイメージのものだった。タクマは棟梁の腕に感謝し、両方ともこのまま受け取ると伝える。

「そうか。どちらも気に入ってくれて良かった。じゃあ、早速取りつけさせてくれ」

ファリンに案内され、棟梁と弟子は食堂の外に移動する。

そしてファリンの希望を聞きながら、弟子が看板を取りつけた。道に面した門に看板が設置されると、一気に店らしさが増す。従業員達が満足げに看板を見上げる。

ファリンも元気良く口にする。

「これがあるとないとじゃ全然違うわね。私達もやる気になるってものだわ」

看板によって、ここに根を張って店をもり立てていくのだという気概が、従業員達の胸に宿った。

みんなの様子を眺めて、棟梁が頷く。

「うむ。これで食堂は完成だな！　じゃあ、次は宿に持っていくとするか」

棟梁はそう言って鷹の巣亭に歩いていった。

すると、ファリンが慌ててタクマに言う。

「あ、タクマさん。私もそろそろ開店だから戻るわ」

「ファリン、大変だろうがみんなと一緒に頑張ってくれ」

「ありがとう！　じゃあ行くわね」

こうして食堂の中に戻ったファリンは、従業員達に開店を告げた。

やる気に満ちた力強い声でみんなが応える。その光景を見たファリンは深く頷き、店の外へ出る。

「皆様、お待たせしました。食事処琥珀、開店いたします！」

ファリンが大きな声で客に宣言すると、長い行列が一斉に店内へ吸い込まれていった。

席はあっという間にいっぱいになり、従業員が飛び交う注文をせわしなく厨房《ちゅうぼう》に伝える。

食事処琥珀は一気に活気を帯びていった。


食事処琥珀の開店を見届けたタクマと夕夏は、今度は鷹の巣亭へ移動する。

入り口では先に着いていた棟梁が、従業員達に看板をお披露目《ひろめ》していた。

「おお……これが鷹の巣亭の看板……」

スミスはそう口にして感極《かんきわ》まり、涙ぐむようにして真新しい看板に見入った。

その表情を見たスミスの妻・カナンと娘のアンリは、思わずといった様子で笑い出す。

「あらあら……これからが本番でしょう？　まだ感慨《かんがい》にふけってる場合じゃないわよ」

「そうよ、お父さん！　これからたくさんのお客様が来るんだから、しっかりして！」

スミスははっとして顔を上げる。

「そうだ……ようやく俺達は再出発するんだ。鷹の巣亭を繁盛させるために頑張らないとな！」

スミスの力強い言葉に、カナン、アンリ、従業員達の表情も自然と引き締まる。

「活気を見てりゃ分かるが、この看板で良いんだな？」

棟梁にそう尋ねられると、従業員全員が口々に同意した。

棟梁は弟子に目配せし、看板を設置させる。

タクマが少し離れてその様子を眺めていると、棟梁が話しかけてくる。

「タクマ、オーナーであるお前が突っ立ったままでどうする。従業員達に言葉をかけてやらなくていいのか？」

「ん？　俺から何か言わなくても、みんなの士気は最高潮だと思うんだけどな……」

タクマはそう言ってスミス達へ目を向ける。すると、彼らは全員タクマをじっと見つめていた。開店に向けてタクマから言葉をもらいたいようだ。

タクマは少し考えてから口を開く。

「そうだな……みんな、短い期間でよく準備を整えてくれた。おかげで今日から鷹の巣亭の営業が始まる。富裕客がやって来るから、緊張を強《し》いられる場面も多いと思う。だが、みんなが力を合わせてくれれば、最高の宿として運営できると信じている」

「タクマさん。あなたは俺達を救い、この宿を任せてくれた。このチャンスを生かしてみせるよ」

スミスがそう言って深く頭を下げる。するとカナンとアンリも頭を下げ、他の従業員もそれに続いた。

一同に深い感謝を示されて、タクマは動揺しながら言う。

「スミスさん達の宿が上手くいかなくなったのは俺のせいだから、責任を取るのは当たり前だ。改めて謝罪させてくれ。本当にすまなかった。止まり木亭は閉めさせてしまったが、この宿を自分の宿だと思って働いてくれれば嬉しい」

タクマが不器用ながらもスミス一家を思って行動した事は、この場のみんなに伝わっていた。スミス一家はタクマの謝罪を受け止め、この宿を成功させようと改めて強く思う。

タクマは言葉を続ける。

「従業員のみんなも、この宿の開店に尽力してくれてありがとう。これからもスミスさん達をもり立ててくれるとありがたい」

それを聞いて、従業員の胸にも宿のために働いていく決意がみなぎった。

そこへ、役人が伝令にやって来る。

「スミスさん、宿泊客の受付が終わりました。混乱を避けるために五組ずつ来店させるので、準備をお願いします」

コラルが派遣した役人達は、殺到した客で鷹の巣亭が迷惑しないよう配慮していた。他の宿が増築予定の空地《あきち》で受付をし、二色の札を使って一階と二階の客を分けたのだという。さらに接客がスムーズにできるよう、時間差でチェックインさせる手配までしていた。

オープンを目前にして、スミスが従業員に向かって声を張る。

「みんな！　お客様がやって来るぞ！　しっかりとお迎えしよう！」

「「「「はい!!」」」」

従業員達の気合の入った返事に、スミスは満足げに頷く。そして、役人に告げる。

「こちらは準備万端です。いつでも案内を始めてください」

それを聞き、役人は持ち場へ戻っていった。

スミス達は宿泊客を迎えるべく用意を始める。

タクマと夕夏は邪魔にならないよう壁際へ移動し、宿のオープンを見守る事にした。

しばらくすると外に人の気配がして、扉が開く。宿泊客がやって来たのだ。

従業員は一列に並び、深く頭を下げて出迎えた。そしてスミスを筆頭に、お客に声をかける。

「ようこそ、鷹の巣亭へ！　まずはこちらで履物《はきもの》をお脱ぎになってくださいませ。脱いだ靴はそちらのロッカーにお入れください。宿の中で使う履物は別に用意しております」

宿泊客は役人達からあらかじめ土足厳禁のシステムを聞いていた。言われるままに履物をロッカーに収め、スリッパに足を入れる。

「履き替えましたら、配られた札の色と同じ色の受付でチェックインをお願いします。当店では武装は禁止しております。持っている武器は全て受付にお預けください」

タクマはスミスがそう案内するのを、心配げに眺めていた。武器が携帯できない事に不満が出そうだと懸念していたのだ。

しかし、武器の事で従業員達に食ってかかるような輩《やから》は誰もいなかった。

客を案内してきた役人の一人が、タクマに説明する。

彼によれば、受付の時点で武器についてごねる客は弾いておいたそうだ。安全のためという説明をしても応じない者はブラックリストに入れ、鷹の巣亭と役所で情報を共有するという。これは全てコラルの指示に基づいた対応との事だった。

「へえ、そこまでしてくれたのか……」

タクマはコラルの行き届いた気遣いに感心した。

すると役人は当たり前のように言う。

「鷹の巣亭はトーランの都市計画上、重要な位置づけにありますから」

そのあとも次々と訪れる宿泊客を、スミス達は笑顔を絶やさずに迎えるのだった。

3　初日終了

食事処琥珀と鷹の巣亭の同時オープンがトラブルなく進み、タクマは満足していた。

食事処琥珀はずっと客足が途切れず、鷹の巣亭もほぼ満室になった。そして目がまわるような忙しさにもかかわらず、従業員達は充実した表情で働いていた。

そんなオープンの様子を見届け、タクマはいったん湖畔の家に戻った。

「かなり駆け足のオープンになってしまったが、どちらも問題なさそうで助かった」

タクマがそう言うと、アークスが笑みを浮かべる。

「確かにせわしなかったですが、今後新店を開く際のいい経験になりましたね」

「そうだな。この経験を生かして、店舗を増やしていくのもありかもしれん」

タクマは椅子の背にもたれかかり、体を休める。

「しかし、初日が終わるまで不安だ。もうそろそろ閉店の頃だとは思うんだが……」

タクマが呟いた瞬間、執務室のドアを叩く音が響いた。

「「失礼します」」

扉を開けてやって来たのは、ファリンとスミスだった。初日の成果を報告に来たのだ。

タクマは二人を迎え入れ、ソファに座るように促す。

「二人ともお疲れ様。初日で大忙しだっただろうから、手短にしよう。反響はどうだった？　まずは食事処琥珀の様子から聞かせてもらえるか？」

すると、ファリンが興奮気味に答える。

「そりゃあすごかったわ。店の前の行列が更にお客さんを呼んだみたいで、ずっと客足が途絶えなかったのよ。閉店時間になっても行列は続いていたわ」

入店しそこねた人達がごねたのではないかとタクマが心配すると、ファリンは胸を張って言う。

「それは大丈夫。入店できなかった人達のために、翌日優先的に入店できる札を用意しておいたのよ。渡してあげたら、それで納得してくれたみたい」

「なるほどな。それだけ繁盛したなら、和風な味つけも受け入れられたんだろう。しかしな、少しくらいは問題があったんじゃないのか？」

「一つあるわね。今のメンバーでもしばらくは大丈夫でしょうけど、この混雑が続くようなら人が足りないかもしれないわ。従業員の増員を考えないといけないかもね」

ファリンにそう言われたものの、タクマはこの騒ぎは一週間ほどで収まると考えていた。こういう新しい店は最初こそ物珍しさから人が集まるが、時間が経てば落ち着くものだ。

タクマにそう説明されて、ファリンは納得を示す。

「分かったわ。落ち着くまで、みんなでどうにかまわしましょう」

続いてスミスが報告する。

「鷹の巣亭も問題は少なかった。多少お待たせもしたが、お客様は落ち着いたものだったよ」

役人による受付での選別により、暴れたり、わがままを言ったりする客はいなかったそうだ。また一般向けの部屋ですら他の宿の二倍近い値段という事もあり、協力的な質の良い客ばかりだったという。

「なるほど。一般向けのお客さんは満足してくれたようだな。富裕層のお客さんはどうだった？」

「宿泊料の高さには驚いていましたが、施設の良さを見て納得してくれたようです」

しかし、不備もあったとスミスは口にする。

「富裕層のお客さんには従業員による洗濯サービスを提供しているのですが、一般の方達まで手がまわらないのです。なので一般の方向けに、自分で洗濯ができる場所を作った方が良さそうです」

スミスに指摘され、タクマも気付く。

「そうなのか。それは俺も頭から抜けていいたな……分かった、すぐに解決しよう。すまなかった」

「いえ、私達が気が付かなかったのもいけないので」

タクマが解決すると聞いて、スミスはホッとして胸を撫でおろした。

話を聞き終えたところで、タクマが言う。

「みんな忙しいながらも充実していたみたいだな。スタートしたばかりで大変だと思うが、頑張ってくれ。必要な事があれば、言ってくれればすぐ対応する」

そうみんなを激励《げきれい》したあと、タクマはアークス、ファリン、スミスとともに、オープンを記念して祝杯《しゅくはい》をあげたのだった。

◇◇◇

タクマはPCを取り出すと、異世界商店を起動させる。鷹の巣亭の洗濯の問題を解決するためだ。

この世界では、汚れを洗浄するクリアという生活魔法が普及している。だからタクマは洗濯の設備が必要だと考えなかったが、生活魔法が使えない者もいるのだろう。

加えて、クリアが使える者でも入浴や洗濯が可能なら魔法は使わないという者もいるはずだ。タクマもその一人である。

「従業員は手一杯と言っていたよな……だったら、アレを導入するしかないか」

タクマは独り言を呟きながら商品を検索する。そして、目当てのものを見つけた。

【魔力量】　　　　　　　　　　　　　　：∞
【カート内】
・コインランドリー設備（洗濯機、乾燥機）×10　：1500万
・長テーブル　×3　　　　　　　　　　：4万5000
【合計】　　　　　　　　　　　　　　　：1504万5000

決済してアイテムボックスに送ると、タクマは執務室を出て鷹の巣亭へ跳んだ。


夜中である今、宿の中はとても静かだ。タクマは物音を立てないよう、気配を消して行動する。

コインランドリーの設備は、風呂場の隣に設置すると決める。タクマはヴェルドに授けられたこの宿の空間拡張機能を使い、自分の魔力を注いで20m《メートル》四方の部屋を増設した。

「風呂の隣なら、洗濯もしやすいだろう。使う人間が多ければ、あとで空間を広げればいいよな」

タクマは一人でブツブツと言いながら、入って左側に洗濯機、右側に乾燥機、そして真ん中に洗

濯物を畳むための長テーブルを置く。

設置が終わると同時に、頭の中に機械的な声が響く。

【機材の設置を確認。機械の作動のため、価格設定と魔力の充填《じゅうてん》をしてください。なお、魔力を満充填すれば一年間は使用可能】

タクマはその声に従って設定を行う。

「価格設定は一回200G《ガル》でいいか。もちろん満充填しておこう」

タクマは機械に魔力を限界まで注ぎ込む。すると、魔力が溜まり終わったのか、ブザーが鳴った。

「これで完了か。あとは使ってみてもらってから調整していこう」

こうしてコインランドリーを設置し終えたタクマは、部屋から出ようとする。

「タクマさん?」

そこで、スミスと鉢合《はちあ》わせした。

スミスは夜間の見まわりしている最中だった。新しい扉を見つけて驚いていたところに、ちょうど出てきたタクマに出くわしたのだ。

「言われていた洗濯の設備を作っていたんだ。朝に話すつもりだったけど、今説明しておくよ」

洗濯場へ戻ると、見慣れない機械にスミスが首を傾げる。

「タクマさん。この魔道具《まどうぐ》は……」

「これは洗濯と乾燥をしてくれるものだ。それぞれの役割は左側が洗濯、右側が乾燥だ。洗濯サービス込みで宿賃が高い二階と差別化するために、有料にしてある。魔道具はどちらも200Gで使える。洗濯も乾燥も、投入口に金を入れれば動く仕組みだ」

「なるほど……魔道具で洗濯が終えられるなら、従業員達の負担もありませんね」

「ああ。ただ、清潔に保ってもらうために掃除は必要だけどな」

タクマはなんでもない事のように言うが、スミスはそれだけの手間で済むのに驚いていた。

外に井戸を掘って洗濯場を設け、手作業で洗ったり干したりすると考えていたのだ。

「掃除くらいなら問題ありませんよ。それにしても、洗濯のために魔道具を導入するなんて……」

「井戸も考えたんだけど、ここは高級宿という位置づけだ。洗濯の手間も少ない方がいいだろ？」

タクマにそう言われ、スミスは宿のために尽力してくれた事に感激する。

こうして宿の問題は無事解決し、タクマとスミスは洗濯場から出たのだった。


深夜だったので、タクマはまっすぐ自宅に戻った。

寝室に入ると、ベッドでは夕夏が安らかな寝息を立てている。ずっとタクマを待ってくれていたのだろう。部屋の灯りはついたままで、毛布もかけずに寝ている。

夕夏の寝顔を見て、タクマは笑みを浮かべる。そして毛布をそっとかけてやる。

「アウン？（お仕事終わった？）」

すると、背後からヴァイスの声がした。

「ああ。これで式までの仕事は終わったかな」

タクマは振り返り、ヴァイスの頭を優しく撫でる。

ちなみにヴァイス以外の守護獣達は、子供達が安心して眠れるよう一緒に休んでいる。

タクマは久しぶりにヴァイスとゆっくり語らう事にした。

「ヴァイス達にはパレードの練習とか、慣れない事ばかりさせてしまっているが平気か？」

結婚式のために守護獣達には面倒をかけてしまっている。タクマはそう感じていた。

ヴァイスは気にした様子もなく、首を横に振る。

「アウン（別に疲れるほどじゃないよー。それに父ちゃんの幸せのためでしょ？　俺達協力するよ！）」

ヴァイスがタクマに頭をすり寄せる。頑張ってくれているお礼にと、タクマはヴァイスを思う存分撫でてやる。ヴァイスは目を細め、タクマの手のぬくもりを堪能した。

「アウン？（それに、式が終われば旅ができるんでしょ？　今度は俺と父ちゃんだけじゃないけど、賑やかなのもきっと楽しいよね。みんなも、楽しみだって言ってた！）」

「ああ、式が終わって落ち着けば、大所帯《おおじょたい》の旅になるな」

旅の事を想像しているのか、ヴァイスの尻尾がパタパタと揺れる。

「俺もヴァイス達と旅するのが楽しみだ。今までの旅は色々と面倒に巻き込まれてきたが、今度は色んな場所をじっくり観光しような」

タクマとヴァイスは、旅の事をあれこれ空想し、眠くなるまで語らい続けたのだった。

4　式前日

結婚式の日が迫り、タクマは忙しくしていた。

午前中は子供達や守護獣達と一緒に練習に参加し、午後はコラルと打ち合わせをしたり、商会の雑事をこなしたりする。


そんな毎日を繰り返すうちに、あっという間に結婚式の前日となる。

その日の朝、タクマはゆっくりと自宅で過ごしていた。

昼間は久しぶりにヴァイス達と森に入り、存分に遊んだ。ここのところ、仕事ばかりで体が鈍《なま》っていたのだ。

夜になると居間に家族が集まり、賑やかな時間を過ごす。タクマと夕夏、そして子供達が会話を弾ませ、守護獣達は家族に寄り添うようにソファの近くに座っている。

「ねー、明日大丈夫かなー？」

ふいに子供の一人が不安そうに言った。

「いっぱい練習したし、大丈夫だよ」

「レンジさんも大丈夫って言ってたよー」

「でも、失敗したら……」

失敗という言葉を聞き、大丈夫だと言った子供も、どこか不安そうな顔になる。

夕夏も緊張しているのか、普段より口数が少ない。

子供達を安心させるべく、タクマは優しく話しかける。

「みんなあんなに練習したんだ。きっと上手くいくよ。明日は今までの成果を出すだけでいいんだ。気負わないで楽しむくらいの気持ちでいればいいさ」

子供達は互いに顔を見合わせ、首を傾げる。

「楽しんでいいの？　お父さん達の結婚式でしょ？」

子供達がきょとんとした表情で言う。結婚式をタクマと夕夏だけの行事だと思い込み、自分達も楽しんでいいのだという発想を持っていなかったのだ。

タクマは優しく笑いながら、子供達に伝える。

「確かに、明日は俺と夕夏の結婚式だ。だけど、二人だけで幸せになっても意味がないんだ」

タクマがふと横を見ると、隣に座っている夕夏の表情も不安げなものだった。

その背中を擦《さす》りながら、タクマは続ける。

「いいか？　俺達は家族なんだ。結婚式も、俺と夕夏が本当の家族だって誓うためにするんだぞ？

だから明日は、家族みんなで楽しもう」

タクマは正式に夫婦になる自分達を、家族の一員として祝福してもらいたいと子供達に告げる。

少し難しい話だったが、子供達は理解できたようだ。

「じゃあ結婚式は僕達も楽しくないと、お父さん達も幸せじゃないって事？」

「そうだな。できればみんなにも笑顔でいてほしい。その笑顔を見られるのも、俺達の幸せの一つだよ」

そう言ってタクマは、子供達の一人一人の目を見る。

すると子供達は笑顔になり、目を輝かせて元気に言う。

「分かった！　僕達も楽しくやるー！　それで、失敗もしないよう頑張るね」

「わたしもー！」

「俺もー」

子供達は代わる代わる宣言し、二人に抱き着く。タクマと夕夏はそれを優しく受け止めた。

子供達みんなの笑顔を見て、夕夏も笑顔になった。緊張はすっかりほぐれている。

子供達の萎縮《いしゅく》している姿につられて、夕夏も硬くなってしまっていたのだ。

夕夏が子供達に向かって言う。

「ありがとう、みんな。おかげで私も気が楽になったわ。みんなが笑顔なら、私もリラックスして式に臨めそう……明日はよろしくね」

緊張した面持ちだった夕夏が微笑んだのを見て、子供達はホッとした様子だ。

すっかり安心し、子供達は次々にあくびを始める。

「さあ、そろそろ寝た方がいいな。明日は忙しくなるぞ」

タクマに促され、子供達はおやすみと挨拶して寝室へ向かう。

ヴァイス達も子供達につき添うために、一緒に寝室へ歩いていった。

子供達を見送ったタクマと夕夏は、お互いの顔を見つめて微笑み合う。

「私達は幸せ者ね……家族のみんながこんなに気にかけてくれるんだから」

「そうだな。本当にそう思う。みんながいてくれるから、ここまで幸せなんだろうな」

しばらくの間、タクマと夕夏は寄り添い合っていた。

やがて――

「ふあー……」

夕夏があくびを漏らした。夜も更《ふ》け、眠気に耐えられなくなったようだ。

タクマは夕夏の頭をポンポンと叩く。

「そろそろ寝たらどうだ？　本番であくびは嫌だろう？」

「そうね。そうする……タクマはどうするの？」

「俺はもう少しここにいるよ。どうも目がさえてな……」

夕夏や子供達を気遣ってなんでもない風に見せていたが、実はタクマも緊張していたのだ。

「そう……あまり遅くならないでね」

夕夏はタクマに微笑みかけ、一人で寝室に向かった。


居間に残ったタクマは、窓を開けて縁側《えんがわ》へ出た。

暖房が効いた家の中と違い、空気が冷たい。

タクマは縁側に腰かけ、アイテムボックスから酒とグラスを出す。グラスの隣には灰皿を置き、久々にタバコに火を点《つ》けた。

「ふうー……久しぶりだ……やっぱり落ち着くな」

タクマはそう呟きながらタバコの煙を燻《くゆ》らせ、グラスの酒を口に含む。

すると、ふいにナビゲーションシステムのナビが姿を現した。

「マスター？　考え事ですか？」

ナビは優しい声色でタクマに聞く。

「ん？　考え事ってほどじゃないけどな……振り返ると、色々あったなと思っていただけだ。それに独身最後の夜だ。ちょっと感傷的《かんしょうてき》になってもいいだろう？」

ナビはタクマの顔をじっと見つめてから言う。

「ついに明日は結婚式ですか……長い間お供してきましたが、マスターは随分変わったと思います。ヴェルドミールに来たばかりの頃のマスターは、その……」

「怖かった……か？」

「怖いというより、心を閉ざしているという感じでした。私とヴァイスには親しく接していましたが、他の人達に対しては壁がありました。他人に興味がなく、なんの感情もわかないといった雰囲気もありましたね」

ナビに指摘されて、タクマは苦笑いを浮かべる。

「そうだな……確かに俺は人を遠ざけていた。それに正直、かなり好戦的だったと思う。大口真《おおぐちのま》神《がみ》様の影響もあっただろうが、俺自身も人間を信用していなかった」

大口真神とは、タクマに最初の加護を与えた日本の神狼《しんろう》だ。その加護には負の面もあり、タクマの性格は一時荒々しいものに変化していた。

タクマはこの世界に来たばかりの頃を思い出して、顔を顰《しか》める。

「ヴァイスやナビがいてくれて、本当に良かったよ。お前達がいなかったら、俺は今頃どうなっていたか分からない」

ヴァイス達に出会わず、誰にでも容赦《ようしゃ》のない態度のまま過ごしていたら――考えるだけで寒気がした。タクマは思わず身震いし、グラスの酒を揺らしながら言葉を続ける。

「なあ、ナビ……俺は変われたかな。家族が増えて、行動は変わったと思う。でも、自分じゃそんなには変われたと実感できないんだよ」

ナビは穏やかな表情で口にする。

「マスター。そうやって悩む今のマスターは、とても人間らしいと思いますよ。人間ですから間違いもあるかもしれません。ですが反省して、次に生かして、トータルでプラスなら問題はないって思うんです」

タクマはナビの言葉を噛みしめる。

「トータルでプラスなら……そうだな、そういう考え方もあるか」

それからタクマは、今日何本目かのタバコに火を点けた。タバコを吸いつつ、タクマは心からすっきりとした気持ちを感じていた。

ナビは笑みを浮かべ、タクマに尋ねる。

「マスターは今、幸せですか？　……私は幸せです。守護獣達や、マスターの家族になった人達と生活する日々は、とても穏やかで楽しいです」

「うん、俺も幸せだ。これ以上ないくらいの幸せをみんなからもらっているよ」

そう言って笑うタクマの表情は、とても明るい。

「私達こそ、マスターから幸せをもらっています。だから、胸を張って生きてほしいです」

「ああ……みんなが幸せになるよう、これからも頑張るよ……」

タクマはナビの頭を指で撫でる。するとナビは顔を真っ赤にしてワタワタした。

ナビが見せた新鮮な反応に、タクマは思わず噴き出してしまう。

ナビは慌てて言う。

「マ、マスター！　これ以上は明日に響きます！　そろそろ眠った方がいいでしょう。夕夏さんに言っていたように、マスターも寝不足は禁物《きんもつ》です！」

照れ隠しであたふたするナビの様子に笑みを浮かべ、タクマは寝室に戻る。

その時のタクマの気持ちは、とても穏やかなものだった。

5　式当日

翌朝――結婚式当日を迎えたタクマは、いつものように目を覚ました。

庭で待っているヴァイスとゲールの所に行き、一緒に軽く体を動かす。

「アウン？（今日はどんな一日になるかなー？）」

「ミアー（お祝いの日だから、きっと楽しくなるよね）」

結婚式の流れは、おおよそ次のようなものだった。

まず着替えを済ませ、ヴァイスとマロンが引く特注の馬車で、食事処琥珀から式場へ向かう。

子供達と守護獣達は、一部が馬車に乗り、また別の一部が馬車を囲むようにして、タクマ達と一緒にパレードをする。

式場となる教会前でタクマ達は馬車を降り、教会の中で結婚式を挙げる。

たくさん練習してきたヴァイス達に、緊張した様子はない。今までの成果を出せるのが嬉しく、張りきっているようだ。

「子供達と一緒に練習したもんな。でも今日はいつもと違う事をいっぱいするんだ。今のうちにしっかり体をほぐしておくといい」

タクマにそう言われたヴァイス達は、湖を一周してくると告げて駆けていった。

それを笑顔で見送ったところで、家の中からアークスが出てくる。

「タクマ様。おはようございます」

「ああ、おはよう。いい朝だな」

気負いのないタクマの表情を見て、アークスは満足げに頷く。

「ええ。そして今日は一日を更に素晴らしいものにしなければなりませんね。そのために準備が必要です」

アークスは、着替えの時間である事をタクマに告げに来たようだ。

「着替えか、分かった。ところで、夕夏は？」

「夕夏様の着つけは既に始まっております。子供達も同様です。タクマ様もお願いします」

こうしてタクマはアークスに連れられ、式の服装に着替えに向かう。

◇　◇　◇

「ついにこの日が来ましたね……お二人とも緊張しているようです」

ヴェルドミールを司《つかさど》る女神・ヴェルドが言う。

彼女は神の空間から、鏡を通してタクマの様子を見ていた。

彼が着替えのために家に入ったのを確認すると、ヴェルドは手を横に振って鏡を消す。

そんなヴェルドに向かって、別の神が告げる。

「それは仕方ない事でしょう。人生の岐路《きろ》となる儀式を控えているのですから」

大仕事を前に緊張する二人に同情的なのは、日本の女神・鬼子母神《きしもじん》だ。

彼女はこれまでにタクマと夕夏が歩んできた紆余曲折を考えれば仕方ないと、首を横に振る。

続いて、また別の神が口を開く。

「それにしても、あのタクマさんがここまで丸くなるとは驚きです。きっかけはヴェルド神の指示で孤児達の保護を始めた事のようですが……今では孤児だけではなく、不遇な者も手が届く範囲で引き取り、家族として近くに置いているなんて」

同じく日本の女神である伊耶那美命《いざなみのみこと》だ。彼女はタクマの変化にいたく感動していた。

ヴェルドがにっこりと微笑む。

「ええ、タクマさんはたくさんの家族を得て、本当に変わりましたね」

三柱はタクマが人間的に成長し、伴侶《はんりょ》を得るまでになったのを心から喜び合う。

そうして和気藹々《わきあいあい》と話していると、横から低い声が響く。

「タクマが成長したのは嬉しい事だが、我《われ》がここに連れてこられる理由はなんだ？」

鬼子母神は、声の主を冷やかすように言う。

「あら、親しい者の人生の節目を祝うのは当然じゃない。異世界に飛ばされた彼に最初の加護を与えたのはあなたでしょう？　ねえ、大口真神。加えて自分の子のヴァイスを託《たく》す真似までして」

大口真神は気まずそうに唸《うな》った。

神々が集うこの白い空間には、日本の神狼であり、タクマにとって特に馴染み深い神である大口真神も来ていた。

「ぬう……確かにそうだが、あやつには我の加護で苦労をかけたのだ」

タクマは元々《もともと》人間不信であったが、大口真神の加護によって人嫌いといっていいくらいに性格が変わってしまった。大口真神はその負い目から、タクマ達と再会するのを避け続けてきたのだ。

一度くらいタクマに顔を見せてはどうか——鬼子母神と伊耶那美命は、大口真神に何度も勧めていた。それを大口真神は、頑《かたく》なに拒《こば》んできた。

そこで今回の結婚式を機に、ついに二柱が無理矢理連れてきたというわけである。

鬼子母神がじれったそうに言う。

「もう……何回説明したら分かるのかしら。タクマさんはあなたの加護を恨《うら》みに思ったりしてないと言ってるじゃない！　そりゃ、変化に戸惑ってやりすぎてしまった事もあったけど、無関係な人間に手を出してはいないわ」

大口真神は観念したように、深いため息を吐く。

「分かった……加護に関しては納得するとしよう。しかし、我もお主《ぬし》らの計画に加われというのはどういう事だ？　結婚式の余興《よきょう》というが、人間が我の姿を見たら恐れるであろう」

なんとヴェルド達は、結婚式を眺めるだけは満足できず、式を盛り上げるために人間界で余興を披露する気でいた。しかもその余興に、大口真神も加われというのである。

渋っている大口真神に鬼子母神が耳打ちする。

「大丈夫よ。あなたにやってもらいたいのはごく簡単な事で……」

ひそひそ声で計画を告げられ、大口真神は気が乗らないながらも頷く。

「なるほど……その程度なら問題なさそうだ。だが、たかが余興のために、日本の神である我らがそこまでやっていいのか？」

大口真神が尋ねると、ヴェルドは自信満々に言う。

「さすがに人間界へ降臨するのは問題なので、その点は私が調整します。そうすれば、ヴェルドミールへの影響は最小限で済むはずです」

胸を張るヴェルドに、大口真神は一抹《いちまつ》の不安を覚える。この世界の神が言っているのだ。本来なら大丈夫なのだろうが、嫌な予感が消えなかった。

「大口真神。ヴェルド神に任せれば大丈夫です。彼女はこの日のために準備してきたのですよ」

「うむ……そうであれば言う事はないのだが……」

呑気な鬼子母神の言葉に、大口真神は一応相槌を打つ。しかし頭の中では考えを巡らせていた。

（鬼子母神と伊耶那美命は分かっているのか？　我らの日本の神の神格は、ヴェルドより上なのだ。余興といえど、この世界で力を使えば何か起こるはず……面倒だが、我が保険をかけておこう）

三柱が楽しそうに語り合う傍らで、大口真神はある行動に移った。

◇　◇　◇

湖畔を走っていたヴァイスは、とても懐かしい思念を受け取った。

（我が子ヴァイスよ、久しぶりだな。ゆっくり話したいところだが、あいにく今は時間がない。お主に急ぎの頼みがあるのだ）

（この感じは……大口真神お父さん!?）

ヴァイスが驚いていると、大口真神が続ける。

（そうだ。お主の父である大口真神だ。タクマの結婚式の前に、やっておきたい事がある。ヴェルド神達が問題を起こしそうなので、抑止力《よくしりょく》が必要なのだ。そのための力をお主に届けておいた）

会話はそれだけで終わってしまったが、ヴァイスは大口真神から、魔力を受け取ったのを感じた。

ヴァイスはヴェルドの顔を思い浮かべ、深くため息を吐く。

(今度は何をする気だろう？　ヴェルド様ったら本当に残念な神様だなぁ……あれ？　そういえば、なんで日本にいるはずの大口真神お父さんから思念が届いたんだろ？　もしかして、この世界に来ているのかな？　だったらいい所を見せないと！)

ヴァイスは大口真神の役に立てるよう、気合を入れて張りきるのだった。


家に戻ったヴァイスは、まだ支度《したく》をしているタクマに念話を送る。

(父ちゃん、ちょっといい？)

それからヴァイスが、先ほど父である大口真神から指示があったと伝えると、タクマとヴァイスの間に一瞬気まずい沈黙が流れた。

タクマは眉間を押さえながら口にする。

(全く……ヴェルド様はともかく、鬼子母神様と伊耶那美命様まで参加か……いよいよ嫌な予感しかしないな……)

すると、ヴァイスが明るい声で言う。

(大丈夫だよ！　大口真神お父さんがついているし！　それでね、ヴェルド様、鬼子母神様、伊耶那美命様の影響を抑えるために、俺にやってほしい事があるんだって)

ヴァイスは大口真神の頼み事を、詳しくタクマに説明する。

大口真神は、トーランに外側から結界を張りたいそうだ。そうすれば三柱が力を使いすぎても、影響をトーラン内に留められるという。

（……なるほど。直系の子供であるヴァイスを介せば、大口真神様の力で結界を張れるわけだな？）

（うん！　そのためには俺がトーランを一周して準備しないといけないらしいけど……本気を出して走れば、父ちゃんの式には間に合うよ）

しかしヴァイスは、ふと不安そうに言う。

（ただ、町に行く時はいつも父ちゃんと一緒で、俺一人では入った事がないから……結界を張り終わったあと、無事に父ちゃんの所へ行けるかな）

タクマはヴァイスに少し待つように伝えると、アイテムボックスから遠話のカードを取り出した。

それからタクマはカードに魔力を流す。

『タクマ殿か？』

通話相手はコラルだ。コラルは、結婚式当日なのにタクマから連絡が来たので、不思議そうにしている。

タクマは早速コラルに相談を持ちかける。

「すみません、朝早くに。折り入ってお話が……」

今からヴァイスに町の周辺でやってもらう事がある。それが終わったらヴァイスだけで門から入れてもらえないか、タクマはそう頼み込んだ。なお、コラルを心配させるのを避けるため、神達の話は伏せてある。

コラルは怪訝《けげん》そうに言う。

『ふむ……何をするのか聞いてもいいかな？』

「……実は、町の結界を強化するためにヴァイスが必要なんです。式が始まればすぐに何の事か分かってもらえると思うので……」

タクマの答えを聞き、コラルは息を呑んだ。トーランの防衛にはダンジョンコアが使われており、タクマが魔力を注いでいるので、十分強固な防御力がある。それにもかかわらず更に強化すると言われたからだ。

コラルは不安げに尋ねる。

『……タクマ殿、何か起きるのか？』

「トーランに危険が及んだり、マイナスの影響が出たりはしないはずです。ただ、あの方が暴走しそうなので、先手を打つべきかと……あくまで念のための行動だと思っていただければ」

タクマは隠そうとしていたが、あの方という言い方で、コラルは勘づく。

タクマが敬意を払い、彼と関係が深い存在といえば――タクマが加護を受けているヴェルドに違いない。

『そうか……そういう事か……分かった。町の警護達に、ヴァイスが来たらトーランの中へ通すよう伝える。それに、ヴァイスだけで町を歩いて何かあるといけない。君と面識のある者を同伴《どうはん》させよう。どうだ？』

「ありがとうございます。では、よろしくお願いします」

タクマはそう言ってカードでの通話を終わらせると、再びヴァイスに念話を送る。

（ヴァイス。コラル様に話を通した。結界の準備が終わったら町の門へ行くんだ。そうしたら、コラル様の部下が迎えに来ているから、一緒に行動してもらえ）

（分かったー！　じゃあ、行ってくるねー！）

元気に返事をしたヴァイスは、すぐに体長を３ｍほどに変化させると、そのまま湖畔を飛び出した。そうして目にも留まらぬ速度で走りながら、これからの行動を口頭で確認する。

「アウン（えっと、大口真神お父さんの話だと……町の外周に等間隔で生えている木に、魔力を流せばいいんだっけ。それを六か所か……問題なくできるよね）」


ヴァイスはトーランの町の外壁へやって来た。

「アウン！（さっさとお仕事を終わらせて、パレードが始まる前に食事処琥珀に行かないと！）」

ヴァイスはすぐに六本の木を見つけ、それに大口真神に託された魔力を流していく。

すると、木々は淡い光を放つ。光が収まると全ての葉が落ち、新たな葉が生えた。

しかし、葉の形が元と違う。何か別のものに変質したようだ。

そうした光景を見てヴァイスは驚いていたが、式が終わってからタクマに確認しようと考え、ひとまずトーランの町の門へ歩き出した。

「あ！　ヴァイス殿！」

門で待っていたのは、いつもコラルの屋敷で会う騎士だった。

ヴァイスは前足を上げて挨拶する。

「アウン！（こんにちはー！）」

騎士は深く頭を下げ、丁寧にヴァイスを迎える。

「ヴァイス殿、ご苦労様です。話はコラル様から伺いました。私が食事処琥珀まで案内します」

こうしてヴァイスは無事にトーランの中へ入り、食事処琥珀を目指すのだった。

6　パレード開始

一方、タクマ達は自宅で着替えを終えたところだった。

「うーん。かっちりした格好は窮屈《きゅうくつ》に感じるな……」

久しぶりの正装に、タクマが呟く。

すると、タクマの横に控えているアークスが言う。

「普段は動きやすい格好が多いので、そう感じるのかもしれませんね。ですが、正装もお似合いですよ」

「そうか？　ありがとう。まあ、サイズはぴったりだから、気分の問題なんだろうな」

それからタクマが改めて今日のスケジュールを確認していると、子供達の声が聞こえてきた。

「早く、早く。お父さんに見せてあげよう！」

「ダメだよ！　慌てたら転んじゃうでしょ！」

そんな子供達の声とともに現れたのは、純白のドレスを身に纏《まと》った夕夏だ。

タクマはその姿を見て息を呑み、あまりの美しさに言葉が出なくなった。

夕夏は少しはにかみながら、タクマに声をかける。

「ど、どう？　変じゃない？」

「あ、ああ……変じゃないよ。すごく似合っている。きれいだ」

タクマはどうにか言葉を絞り出し、口下手なりに夕夏を褒《ほ》める。

「ほらー。やっぱりお父さんも見惚《みと》れてるじゃん」

「当たり前でしょ。お母さん、とってもきれいだもん！」

夕夏の後ろでは、子供達が嬉しそうに言い合っている。

子供達も、服装を子供サイズのドレスやタキシードに着替え、とてもかわいらしい姿だ。

「お前達も似合っているぞ」

タクマが子供達に言うと、照れながらも嬉しそうな笑顔になる。

一同がお互いの格好を見てはしゃいでいると、アークスが口を開く。

「皆様、支度は整ったようですね。そろそろ移動しましょう。式の時間も迫っております」

「そうだな……じゃあ、準備はいいか？」

タクマが夕夏と子供達に声をかける。

「ええ……大丈夫よ」

「「「「はーい！」」」」

元気な返事を聞いたタクマは、早速みんなを範囲指定《はんいしてい》し、空間跳躍で食事処琥珀へ跳んだ。

控室の役割をする食事処琥珀には、ファリンと日本人転移者のミカが待っていた。

二人は夕夏に笑顔で話しかける。

「夕夏さん。やっぱり似合っているわね」

「ええ。試着で見てはいましたけど、今日は一段ときれいです」

そして二人は夕夏のドレスやメイクを入念にチェックする。一世一代《いっせいいちだい》の晴れ舞台に臨む夕夏が、最高にきれいに見えるための仕上げ作業だ。

ちなみにファリン達以外の家族や知人は全員が先に教会へ移動し、家族席で待機している。

ゲール達守護獣は、外の馬車の周囲でスタンバイしていた。

子供達も、それぞれがパレードの練習で覚えた位置へ移動していく。

「おとうさん！　僕達は裏から出て外に行くね」

「お外で待ってるからねー」

タクマは子供達に声をかけて送り出す。

「分かった。あとでな」

最後の準備をしている夕夏を見つめつつ、タクマは結婚式に臨む覚悟を決める。

（おそらく、外は観衆ですごい事になっているだろうな……しっかりと乗り切ろう）

夕夏の支度が整い、ファリンがタクマに告げる。

「夕夏さん、ばっちりよ！　タクマさんも準備はいい？」

「ああ。大丈夫だ」

タクマが胸が張ると、夕夏もそれに倣《なら》い、力強く頷いた。

タクマは夕夏の隣に並び、自分の腕を差し出す。夕夏はタクマの腕に、控えめに腕を絡ませる。

二人が扉の前に立つと、ミカは合図のノックをした。

すると扉の外で、役人の大きな声が響き渡る。

「それでは、新郎新婦《しんろうしんぷ》の登場です‼」

食事処琥珀の扉がゆっくりと開かれる。

タクマと夕夏の目の前には、とんでもない光景が広がっていた。

道には溢れんばかりの人々がおり、嵐のような拍手と歓声で二人を祝福していたのだ。

タクマの立場をうらやむ男性達もいれば、夕夏の晴れ姿を賞賛する女性達もいる。

「うおー!! あの男が国を助けてきた英雄か！」

「しかも、新郎がやってる商会は王家の御用達《ごようたし》だってよ！ あやかりてぇな」

「素敵……純白の衣装だわ。それに花嫁さんもとってもきれい……」

「新郎新婦の衣装もすごいけど、子供達もかわいいわ～。まるで主役の二人を小さくしたみたい！」

タクマと夕夏は、子供達にエスコートされてパレード用の馬車まで進む。

そこにはタクマの守護獣と、夕夏の従魔が待っていた。

ゲール、アフダル、ネーロ、ブラン、レウコンが次々に口にする。

「ミアー！（お父さん格好いい！）」

「ピュイ（素晴らしく似合っています）」

「キキキ！（二人とも真っ白で格好いい！）」

「クウ（白でお揃いだねー）」

「……（幸せそう……）」

「ありがとう、みんな。今日はよろしくな」

タクマがそう言う横で夕夏も従魔にお礼を言っている。

タクマは馬車を引くために待機しているヴァイスへ念話を送る。

（ヴァイス、先にトーランで待っててくれてありがとな。結界はどうだった？）

（ばっちりだよ！　あの女神様はお父さんに任せておけば大丈夫!!）

タクマ達が馬車に乗り込むと、パレードの沿道に群衆を規制するロープが張られる。

「これから二人が教会まで移動します。皆様、祝福をお願いします！」

レンジのかけ声で、ヴァイスとマロンが馬車を引いて進み出した。


こうして、パレードが始まる。馬車がゆっくり進む中、道沿いの人々はタクマ達に笑顔を見せ、祝福してくれる。

ここまで大規模な行事は滅多にないので、みんな興奮しているようだ。

色とりどりの花びらを振りかけて、雰囲気を盛り上げてくれている。

その光景を見つめていた夕夏が、感極まってタクマに話しかける。

「まさか、私達が本当に結婚できるなんてね……まるで夢みたい」

夕夏は大昔にこの異世界ヴェルドミールへ召喚され、ダンジョンの奥深くに自らを封印した。

それはタクマとの再会を未来予測で見て、いつかタクマがやって来ると信じたからだ。

一時は離れ離れとなっていたが、タクマへの愛情は変わらず、結婚は夕夏の悲願《ひがん》だった。

一方タクマも、日本で夕夏を失い、ヴェルドミールへ飛ばされた。そのショックは大きく、結婚はおろか恋人を作る事すらしなかった。そして、人として大切な部分を失ったままこの世界で生活を始めたのだ。

二人はそれぞれ、今までの人生に思いをはせる。そして改めて再会の奇跡を噛みしめ、感謝しながら、教会に続く光景を見つめた。

観衆の大きな歓声はやまず、見渡す限り人で埋め尽くされている。

タクマは、夕夏に笑いかけながら言う。

「本当に、色々あったな……だが、俺はこの世界に飛ばされて本当に良かったと思っているんだ。夕夏に再会できた事、たくさんの家族ができた事……家族達は、血は繋がっていないけれど、深い絆《きずな》を築けた大切な人達だ。日本で生きていたら、こんな幸せは得られなかった」

「そうね。私もすごく幸せよ。タクマが困っている人を家族にしているって聞いた時は驚いたけど、一緒に過ごすうちに、あなたにとって本当に大事な存在なんだと分かったわ。そのうえタクマが作った家族の中に、妻として私がいられるようになるなんて……色々辛い思いもしたけど、今こうして、あなたの隣にいられるから幸せよ」

道を囲むたくさんの人々に手を振りつつ、二人は幸福に浸っていた。

「タクマ殿、夕夏さん。そのまま沿道の方々に手を振っていてください。主役の反応があれば、見物人も気分が良くなるでしょう」

レンジが二人に促す。

二人がはにかみながらも沿道に手を振ると、人々の歓声はひと際《きわ》大きくなった。

パレードが教会に近付くにつれ、これまで落ち着いていた守護獣達が、なぜかそわそわし始める。

馬車の横を一緒に歩いている子供達も同様だ。

タクマが不思議に思っていると、馬車が教会の正門に続く大通りから外れ、曲がっていく。

結婚式は教会の中で行う——はずだった。

ところが、馬車は教会の敷地内にある孤児院の運動場へ向かう。

運動場が目に入ると、すぐにヴァイスや子供達が落ち着かなかった理由が分かった。

タクマは思わず声をあげる。

「え？　リンドに、ジュード⁉　どうしてここに……」

そこにいたのは巨大な火竜《かりゅう》のリンドと、その子供であるジュードだった。

二匹が結婚式に参加しないと聞いていたので、タクマは驚いた。

二匹が不参加を選んだ理由は、火竜がトーランに現れれば、観衆を混乱させる危険があるため。

仕方がない事とはいえ、タクマは二匹の不参加を残念に思っていたので、このサプライズはとても嬉しい。

リンドがタクマに念話を送る。

（フフフ……びっくりした？　私達も参列できるよう、コラルという貴族が動いてくれたの）

リンドがタクマに説明したなりゆきは次のようなものだった。

リンド達の辞退を知った子供達は、ヴァイス達とともにコラルの所に赴いた。そして「リンドとジュードも家族だから、式に参加できるようにして！」と頼み込んだそうだ。

その結果コラルがリンドに会い、リンド達に危険はないと住民に通達してくれたのだ。

おかげでリンド達は、人々に恐れられる事なく式に参加できるようになったというわけである。

タクマは感動して、リンドに伝える。

(そうなのか……来てくれて本当に嬉しいよ。やっぱり、みんなに祝ってほしかったから)

(喜んでくれて、来た甲斐があったわ。私もジュードも、やっぱり家族一緒が良かったのよ)

ジュードも嬉しそうに言う。

(俺も兄ちゃんのお祝いするんだー。だから来られて嬉しい！)

念話をしているうちに、馬車が運動場の入り口に止まった。運動場には、女神像や祭壇、参列者席などが備えつけられている。教会の設備がそのまま外に移動してきた形だった。

まずタクマが降り、夕夏に手を貸してエスコートする。

そこからは、子供達がタクマと夕夏を先導する。

子供達はタクマの手を取ると、小声で話しかけてきた。

「お父さん。驚いた？　僕達コラル様にお願いして、リンド達にも参加してもらったんだよ」

「ああ、すごく驚いたよ。頼んでくれてありがとうな」

タクマは念話でヴァイス達にもお礼を言う。

(みんなもありがとう。子供達と一緒に行って頼んでくれたんだな)

(俺達の言っている事はコラル様に通じなかったけど、目を見て真剣さが伝わったみたい！)

（そうか……じゃあ、式が終わったらコラル様にもお礼を言わないとな）

タクマは色々な人達が式のために尽力してくれたのを、改めて実感した。

感謝の気持ちを胸に歩いていき、女神像から10ｍほど離れた場所で止まる。

夕夏のトレーンベアラーをする者を除いて、子供達は用意された椅子に座った。


そして、いよいよ婚姻の儀式が始まる。

教会のシスターであるシエルが正装して現れ、女神像の前に立つ。

「新郎タクマ・サトウ、新婦ユウカ・ヒカワ。女神像の前へ進んでください」

シエルは凛《りん》とした声で、二人に言葉をかける。

夕夏は差し出されたタクマの腕に軽くつかまり、バージンロードを一歩一歩踏みしめて進む。

参列者は立ち上がり、バージンロードを挟んで左右に設置されたベンチから、女神像へ歩む二人の姿を見守る。

その時――参列者がざわついた。最前列からこちらを振り向く顔ぶれが、とんでもないものだったからだ。

「え？　なんで？　嘘だろ……？」

「まさか……でも、あり得ない事ではない……のか？」

「でも！　いくら旦那さんが英雄で国の恩人だからって、式に来るもの!?」

最前列にいたのは、国王パミルをはじめとした王族達だった。王都から遠く離れたトーランに、王族が勢揃いしているなど常識的には考えられない。

するると、パミルは自分のせいで騒がしくなった参列者に目配せし、人差し指を唇の前に立ててにっこりと微笑む。静かにするようにと、ジェスチャーでたしなめたのだ。

参列者達はそれを見て、慌てて口をつぐむ。式の主役はあくまでも新郎新婦であると気付いたのだ。ただ所どころから「やっぱり」「本物かよ」という囁《ささや》きが漏れていた。

（そりゃ、一国の王がさも当然のようにいれば、ざわつくわな……）

タクマは呆れつつも心中で思う。

一方で夕夏の花嫁姿も、パミルと同じくらい注目を集めていた。

女性陣は感嘆のため息を吐く。

「はあ、きれい……私もこんな結婚式をしたいわぁ……」

「あんなドレスを着て結婚をできたら、幸せになれるかしら……」

タクマは小さく笑みを浮かべながら、歩を進める。

二人が女神像を背にしたシエルの前に立つと、シエルは静かに口を開く。

「それでは最初に讃美歌《さんびか》を斉唱《せいしょう》します。参列者の方々は是非、ともに歌ってください」

シエルが掲げた両手を振り下ろす。それと同時に、タクマと夕夏以外の人々が一斉に歌い出した。

ヴェルドミールの讃美歌を知らないタクマ達は、静かに耳を傾ける。

家族や関係者、そして参列しているトーランの人々――一人一人の歌声が重なり、共鳴して響き渡った。

讃美歌が終わると、シエルは懐《ふところ》から聖書を取り出し、その一説を読みあげる。内容は結婚式にふさわしい、愛の教えのようなものだった。

読み終えたところで、シエルがタクマに言葉をかける。

「タクマさん。あなたは夕夏さんと結婚し、妻としようとしています。この結婚をこのヴェルドミールの神ヴェルドと、あなたの故郷にいる神々の導きによるものだと受け取り、その教えに従って、夫としての務めを果たし、常に妻を愛し、敬《うやま》い、慰め、助け、変わる事なく、その健《すこ》やかなる時も、病める時も、富める時も、貧しき時も、死が二人を分かつ時まで、命の灯《ともしび》の続く限り、あなたの妻に対して、堅く節操を守る事を約束しますか？」

ついに挙式のメインともいえる誓いの儀式が始まった。

シエルの言葉に、タクマは力強く答える。

「はい、誓います」

シエルはタクマに目を向け、満足そうに頷く。そして今度は夕夏に同じ事を尋ねる。

夕夏もタクマと同様に、深く頷きながら言う。

「はい。誓います」

二人の誓いを確認し、シエルは用意してあった婚礼の指輪を取り出す。

「では二人の誓いを形にするため、指輪の交換を行います」

タクマは夕夏の指輪を手にすると、彼女の左手を持ち上げる。そして、薬指にしっかりと嵌《は》めた。

その時——ヴェールに隠された夕夏の目から光るものが流れた。

タクマはそれを見て、胸がいっぱいになる。

夕夏も同じ手順でタクマの左手の薬指に指輪を嵌めた。

「これで二人を隔てるものはなくなりました。では、誓いのキスを」

シエルの言葉を合図に、タクマは夕夏が着けているヴェールをゆっくりと上げた。

夕夏はタクマの目を見て呟く。

「タクマ。幸せよ、私……」

「俺もだ」

二人は穏やかな笑みを浮かべながら、お互いに唇を重ねた。

7　女神達の暴走

「お、おい……なんだあれ……」

厳粛《げんしゅく》な空気を破って、式場に声が響いた。

それを聞いて、タクマと夕夏は目を開ける。

すると、さっきまで晴れ渡っていた空が、異様に暗くなっていた。

なのにタクマと夕夏の立っている場所にだけ、スポットライトのように光が差している。

参列者達は驚きながら、空を見上げて口々に言う。

「あの雲……何かに見えないか？」

「ああ、俺には狼の顔にしか見えん……」

空には狼のような形をした分厚い雲が浮かんでいる。タクマ達二人を照らす光は、ちょうど狼の目にあたる部分から放たれている。更に狼の口からは、光の粒子《りゅうし》が降っていた。

その粒子は徐々に地上へ近付いてきた。すると、一つ一つの粒子にそこそこの大きさがあり、しかも天使の姿をしているのが分かった。

夕夏は動揺しながらタクマに問いかける。

「ねえタクマ、あれって天使よね……？」

「ああ、俺にもそう見える。まさか、ヴェルド様の仕業《しわざ》か？　だとしたら、恐ろしく派手な演出だな……」

狼の口からは更なる光が溢れ、タクマ達の頭上へ降り注ぐ。

そしてその光は、徐々にトーラン全体を包むように広がり始める。トーランが光に満たされた瞬間――トーランの結界を外側から覆うようにして、もう一つの結界が構築された。

「アウン！（発動した！）」

ヴァイスが声をあげる。結界の外側に発動したもの——それは大口真神がヴァイスに準備させたもう一つの結界だった。大口真神の結界は、トーランの外に光が出ていくのを防いでいる。

すると溢れていた光が、天使達とともに一瞬で消えた。

タクマを含めた全員が呆然《ぼうぜん》としていると、いち早く我に返ったパミルが声をあげる。

「ヴェルド様!?」

パミルの視線につられて、みんなも同じ方向を見る。

すると女神像があったはずの場所に、光り輝きながら立っている何者かが見える。

それは、ヴェルド、鬼子母神、伊耶那美命の三柱だった。

式場にいる全ての人が言葉を失う。

いつも祈りを捧げているヴェルド神が目の前にいる。そのうえ、更に二人の女神が現れたのだ。驚かない方がおかしいだろう。

三柱は優しく微笑む。そして、ヴェルドがタクマと夕夏に語りかける。

「タクマさん、夕夏さん。ご結婚おめでとうございます。二人の門出《かどで》を祝福してくれた皆さんも、ありがとう。ささやかながら私達三柱が祝福を授けました。お二人の未来が光り輝くものでありますように……」

言葉が終わると、三柱の姿はかき消えていった。

しばらくすると唖然としていた人々もようやく喋れるようになり、騒ぎ始める。

レンジをはじめとした役人達は、その騒ぎを収めようと必死で声をあげる。

そんな中、タクマの頭の中に低い声が響いた。

(タクマよ。久しぶりだな。壮健《そうけん》そうで何よりだ。我が子・ヴァイスともしっかり絆を深めてくれているようで嬉しく思う)

タクマは久しぶりに聞く大口真神の声に、少し緊張した。

(あ、ありがとうございます、大口真神様。ですが、顕現《けんげん》はしないという話だったのでは……？)

大口真神に限らず日本の神は、神々が集う白い空間にしか留まれない。この世界で人間達の前に姿を現す事はできないはずだ。

すると、大口真神が応える。

(ああ、あれは顕現ではない。分かりやすく言うなら、投影のようなものだ。雲も我の姿に似せて形作ったにすぎぬ。タクマよ。そんな事より、問題は先ほどの光だ。女神達はあの光を使ってお前ら夫妻に祝福を与えたが、それだけでは済まぬはずだ。いいか？　式が終わって落ち着いたら、よく確認するのだ。おそらく光の影響を受け、この地には数百年単位で神の力が残り続けるだろう)

なんと、余興の名目で三柱が使用した光には、神の力が宿っていたのだ。

光は聖なる力を纏っているので、トーラン全土に邪《よこしま》な者が近付けなくなると大口真神は言う。

タクマがマスターであるダンジョンコアが、既にトーランを守っている。そこに聖なる光が加わり、トーランは聖地になってしまったらしい。

タクマは頭が痛くなってきた。

(大口真神様が止める事はできなかったのでしょうか?)

(浮かれているあやつらを、我が止められるわけがあるまい。一柱ならまだしも、三柱となると無理だ。だからこそヴァイスを遣わし、三柱の暴走による影響をこの地のみに留めたのだ)

(な、なるほど……では落ち着き次第、入念《にゅうねん》に調べてみます)

(うむ……それと、言いにくいのだが……お前はこれで終わりだと思っているようだが、まだ油断――)

大口真神の言葉は最後で途切れてしまったが、どうにか理解できた。

タクマは嫌な予感を覚えざるを得ない。

(油断するなと言いたかったのか? これ以上何があるっていうんだ?)

周囲がようやく落ち着きを取り戻し始めたところで、タクマは夕夏に耳打ちする。

「夕夏、大丈夫か?」

「え、ええ……でも神様が式にいらっしゃるなんて……」

夕夏は現実味のない出来事に理解が追いつかないようだ。

「それは俺も同じだが……まだ油断するなよ。あの三柱は他にも何か考えているらしい」

ようやく人々が平静を取り戻し、シエルはコホンと咳払いをして式を再開する。

「神の御前《みまえ》と皆様の前で二人が夫婦となった事を、ここに宣言いたします。次に、婚姻証明書にサインをお願いします」

タクマと夕夏はシエルから一枚の羊皮紙を手渡された。二人は緊張した面持ちで署名する。

「パミルさん、コラルさんも前へ。お二人は婚姻の証人としてサインしてください」

パミルとコラルも、指示通りに署名を行った。パミルとコラルが着席したところで、シエルが口を開く。

「タクマさんと夕夏さんは正式に夫婦となりました。これをもって式は終了です。このあとは食事処琥珀で披露宴《ひろうえん》が行われます。整理券をお持ちの方は奮《ふる》ってご参加ください」

こうして無事、結婚式が幕を閉じた。

タクマと夕夏が祭壇に背を向けると、居並ぶ参列者達が拍手をしながら待ちかまえていた。

二人は腕を組み、ゆっくりと歩き出す。そこに、コラルや王族達が花びらを撒く。

満ち足りた笑みを浮かべた夕夏が、タクマに話しかける。

「途中ですごい事が起きたけど、とっても幸せだったわ」

「ああ、俺も言葉にならないくらい嬉しいよ。ヴェルド様に関してはまだ油断できないけど……今は自分達の幸せを噛みしめたいな」

二人は子供達のエスコートで馬車に乗る。それを確認して、レンジが見物人達に声をかける。

「それでは移動を始めます！　馬車の進行を妨げないようにお願いします！」

進行方向にあった人波が割れていく。

前方の安全が確保されると、レンジの指示でヴァイスとマロンが進み始めた。

「さあ、私達は披露宴のために先まわりよ！」

ファリンに声をかけられ、食事処琥珀の従業員達は急いで店へ戻る。

「二人とも本当に幸せそうだったわね……」

アンリとカナンが満足げに話していると、スミスが二人に声をかける。

「カナン、ここでゆっくりしている暇はないぞ。俺達も仕事に戻ろう。アンリ、お前は休んでいい。披露宴で例のイベントに参加しないとな」

アンリはそれを聞いて目を輝かせる。

「お父さん、ありがとう！」

アンリはそう告げると、披露宴へ急いだ。

◇　◇　◇

タクマ達が式場から出る頃――神達のいる白い空間では、ヴェルド、鬼子母神、伊耶那美命がいたずらを成功させた子供のようにはしゃいでいた。興奮気味にヴェルドが言う。
「見ました？　二人の驚きっぷり。どっきり大成功ですね」

伊耶那美命と鬼子母神も楽しそうに口を開く。

「ええ。それに、お二人ともとても素敵でした。鬼子母神もそう思いますよね？」

「そうね。すごくいいお式だったと思うわ」

楽しそうに話している三柱の隣から、低い声が響く。

「お主ら……自分が何をしたのか分かっておるのか？」

大口真神の言葉に、ヴェルドはきょとんと首を傾げる。

大口真神は深いため息を吐くと、三柱を一喝する。

「馬鹿者が！　神の力で余興を行って、地上に影響が出ないわけがあるまい。お主ら三柱、加えて我の力も混ざったせいで、下手をすれば他の土地まで影響が及ぶところだった。タクマとその奥方に祝福を与えるのはいい……だが、土地に影響を及ぼすのはやりすぎであろう！　おかげでトーランの土地は、神の力を宿してしまっているぞ」

「そんな！　地上には影響がないようにやったはず……」

叱られたヴェルドはそう言うと、慌てて影響を調べ始めた。すると、その顔色がどんどん悪くなっていく。

「な、なんで!?　こんなに影響が出るなんて……あ……」

ヴェルドが愕然《がくぜん》とした表情を浮かべる。大きな計算違いをしていたと、たった今気付いたのだ。

鬼子母神が恐る恐る声をかける。

「ど、どうしたの？　打ち合わせでは問題ないと言っていたわよね⁉」

「そ、それが……」

鬼子母神と伊耶那美命がゴクリと喉を鳴らしてヴェルドの言葉を待っていると、ヴェルドは言いづらそうに打ち明けた。

「私達だけなら影響はないはずだったのですが……大口真神様の力を計算し忘れていました……」

鬼子母神と伊耶那美命は声を揃えて叫ぶ。

「「お、お、お、お馬鹿ーーーー!!」」


――こうしてヴェルドは大口真神の前に正座させられ、祝福による正確な影響を調べる事になった。鬼子母神と伊耶那美命も並んで正座し、結果が出るのを神妙な面持ちで待つ。

「あわわわ……こ、これは…………っ」

結果を見て、ヴェルドがうろたえている。

「どうしたのです⁉　黙り込んでしまったら分からないじゃないですか」

鬼子母神に迫られて、ヴェルドはおずおずと話し始める。

「え、ええっとですね……想定を上まわる神力《しんりき》が降り注ぎ、大口真神様の言われた通り、トーランはなんと聖地と化してしまいました……結果として、出入りできる人間に制限がかかります」

トーランに出入りできるのは悪意のない者に限定された。といっても大半の悪意は、結界を越えた時点で浄化されてしまうようだ。ただし罪を償《つぐな》っていない犯罪者は、悪意を浄化されても町には入れない。

「ふむ……元々タクマのダンジョンコアに守られていたからな。聖域化前の町とそこまで違いはなさそうだ。違うのは、トーランの人間が町に来た者を選別する前に、土地が拒否してしまう事か」

大口真神の言葉に頷くと、ヴェルドは更なる影響について話した。

採れる農作物は最高級品レベルになる。また、町で作られた完成度の高い製品には、聖なる力が付与されるという。

大口真神はヴェルドを問いつめる。

「つまり、ものづくりをする職人がいれば、聖地の力が付与されるのか？　それでは世界のバランスが変わってしまう」

「いいえ、職人が最高傑作を作れた場合のみです。その職人が全てを懸けて作り上げ、完成させた時だけですね」

「なるほど、限定はされているようだな。しかし、我の予想以上に影響があるな……」

思いもよらぬ大事《おおごと》になってしまい、ヴェルドはがっくり肩を落としている。

「で、でも、どれも悪い事じゃないわよね？　だったら大丈夫じゃ……」

鬼子母神が楽観的な言葉を口にしかけた途端、大口真神が遮る。

「お主、本当にそう思っているのか？　人間は欲深い生き物だ。ここまで神に愛された土地があれば、奪おうとする者も現れる。お主らは、戦争の火種《ひだね》を生んでしまったのかもしれんのだぞ？」

大口真神の懸念はもっともだった。トーランだけが極端に恵まれているのを知れば、それを欲しがる国が現れる可能性がある。聖地であるトーランの中に攻め込むのは無理でも、トーランが所属する国ごと乗っ取ろうとする国が現れてもおかしくない。

大口真神の叱責《しっせき》に、三柱の女神は顔を青くする。

「全く……お主らは自分の与える影響を、今一度よく考えねばならんぞ。まあ、今回の事に関しては今更どうにもならん。権力者や支配層に神託《しんたく》を与え、混乱を起こさぬよう要請するしかないな……」

大口真神はそう言って、三柱にそっと助け舟を出すと、更に続ける。

「神託は国王パミルと、トーラン領主コラルから始めるのが妥当であろう。聖地を保有する当事者となる彼らに、真っ先に説明すべきだからな」

ハッとしたヴェルドは、早速彼らに神託を与えようと決めた。

ひとまず解決の糸口が見えて安堵《あんど》するヴェルドに、大口真神は尋ねる。

「時にヴェルド神よ。お主、まだ我に言ってない事があるようだな？　それとも、あえて言わぬようにしているのか？」

「え？　そ、そんな事はありませんよ？　トーランが聖地になったからといって、顕現がしやすくなったなど……あ……」

ヴェルドはつい口を滑らせた。

そのドジっ子ぶりに、鬼子母神と伊耶那美命はため息を吐いてしまう。

たちまち、大口真神が怒声《どせい》をあげる。

「お主ら、分かっていたうえで黙っていたのだろう⁉　全く……この馬鹿者どもが！　神が地上にポンポンと顕現してどうするのだ！　威厳も何もないだろう！」

さすがに堪忍袋《かんにんぶくろ》の緒が切れた様子の大口真神に、ヴェルド達は震えあがる。

「お主らは反省が足りないようだ。このあと再び地上へ行くつもりだったようだが、そうはさせん。しばらくそこで正座をしているが良い」

そう言って大口真神は、正座した女神達の額《ひたい》に前足を押しつける。

三柱それぞれの額には、肉球《にくきゅう》のマークが刻まれた。

ヴェルドは抗議しようとするが、声が出ない。おまけに正座の体勢から動けなくなっている。

「これでよし。動く事も喋る事もできまい。では、我が代表でタクマの所へ説明に行く。お主らは我が戻るまで謹慎《きんしん》しておれ。ちなみにだが、我が戻り次第、トーランへの顕現には制限をかける。祝福に我の力も利用されたので、そのくらいの干渉はできるようだしな」

ヴェルドが必死な表情で何かを訴えようとするが、大口真神はそっぽを向く。

「それでは、我は行く。そこで反省しながら下の光景を見ているが良い」

大口真神は自分の姿を小さな子狼に変えると、神の空間から消えた。

一方、残されたヴェルド、鬼子母神、伊耶那美命は心の中で叫ぶ。

(((ずる〜い!! 私も行きたい!!)))

8　ブーケトス

「こ、これはすごいな……」

馬車で披露宴にやって来たタクマ達の前に、異様な光景が広がっていた。

たくさんの人が集まっているが、パレードや結婚式の時とは雰囲気が違う。

「目的は分かるけど、圧巻《あっかん》ね……」

タクマの隣に座る夕夏が、手にしたブーケに目を落としながら言う。

敷地内にひしめく女性達はみんな、夕夏の持つブーケをじっと見つめている。

それを見てタクマはなるほどと納得した。

「ああ……夕夏のブーケトスが目的なのか。それにしても、目が血走ってないか？　レンジさんはなんて言って彼女達を招待したんだろう」

タクマは馬車から降りる前に、レンジに話しかける。

「なあ。彼女達にはブーケトスの事を、なんて伝えたんだ？」

「資料にあった通りですが……」

レンジは困惑気味に答えた。

招待状には、『新郎新婦の故郷では花嫁が投げたブーケを受け取った者が、次に結婚できるという言い伝えがあり、「幸せのおすそ分け」と言われている』としか書いていないそうだ。

レンジは申し訳なさそうに口を開く。

「おそらくですが、先ほど式の様子を見て、神の祝福にあずかれると考えたのではないかと……」

「分からないわけではないが……人数が多すぎないか？　揉めそうな勢いだぞ」

タクマがそう言って頭を抱えていると、レンジが苦笑いを浮かべて言う。

「はい、一つだけでは奪い合いになる危険があるので、配慮しました。夕夏さん、ブーケのリボンを解《ほど》いてもらえますか？」

すると、夕夏のブーケが五つの花束に分かれた。

「ブーケトスは五組に分けて行います。これで手に入る確率が少しは上がるでしょう。それと、彼女達には絶対に奪い合わないよう言い含めてあります。さすがにおめでたい場で醜《みにく》い争いをすれば、神の祝福も逃げてしまうと分かっていると思いますよ」

「そうか……まあ、それなら大丈夫……かな？」

若干の不安を残しつつも、タクマ達は子供達の案内でいったん食事処琥珀に入った。

中ではファリンとミカが待っており、飲み物を出してくれた。

「おかえり！　少しだけでも休憩したら？」

タクマと夕夏はコップを受け取って一息吐く。

夕夏がぐったりしながら言う。

「練習していても、さすがに本番の式は緊張したわ……それに、まさかヴェルド様達があんなにはっきりと現れるなんて……」

ファリンが笑いながら応える。

「あはは。あれには驚いたわ。雲の狼から天使が出てきて、ヴェルド様まで降臨したんだもの」

正確には降臨したわけではないのだが、事情を知らない人はそう感じるかもしれない。とにかくタクマの家族達に、それほど驚いた様子はなかった。

タクマがその理由を聞くと、あっけらかんとした答えが返ってくる。

「え、別に害があるわけじゃなし、いいんじゃない？　神様をこの目で見るなんて、一生ないでしょうし。それに、タクマさんだって種族は似たようなものじゃない。今更、動揺しないわ」

どうやらタクマが半神《はんしん》であり、ヴェルドとも関係がある事を明かしてから、家族達はすっかり度《ど》胸《きょう》が据わったようだ。

「さあ、まだ終わってないわよ。パーティーの前に、あの娘達に幸せのおすそ分けをしないとね」

そう言ってファリンはタクマの肩を強めに叩く。

「そうだな……だが、あの女性達の前に出るのか……」

必死な形相《ぎょうそう》の女性達を思い出したタクマがげんなりしていると、夕夏が笑いながらその手を引く。

「別に大丈夫よ。レンジさんも先手を打ってくれたんだし」

こうして、二人が食事処琥珀の扉の前に立つと、ファリンが扉を強めに叩く。

それを合図に、外にいたレンジが扉を開く。


「きゃーーー！　来たわよ！」

「私にブーケを！」

タクマ達の前には、二十名ほどの女性達がいた。口々に自分が欲しいとアピールしてくる。

その中にはアンリの姿もあったが、他の女性に押されて後ろに追いやられている。

だが、忖度《そんたく》してアンリ目がけて投げるわけにもいかない。

夕夏は女性達に背を向け、ブーケを思いきり高く、後ろへ放り投げる。

舞い上がったブーケが、地上目がけて落ち始める。と、その瞬間――ブーケが僅かに違和感のある動きをした。

（ん？　今……）

タクマが不思議に思った一瞬の間に、落下したブーケが一人の女性の手の中へきれいに収まる。

その女性とは、後方でつつましく待っていたアンリだった。

「へ？　私……？」

アンリは他の女性達の意気込みを前に諦めていた。なのにブーケが手に入り、驚きを隠せない。

他の女性達は残念がったり、悔しげにしたりしたものの、最後は素直にアンリを祝う。

「あなたが結婚する時は、是非ブーケトスしてね！」

「やっぱりガツガツしたらダメね。おめでとう」

アンリが囲まれて祝福されているのを、夕夏は嬉しそうな表情で見つめていた。それから一息吐くと、夕夏はタクマに尋ねる。

「ねえ、タクマ。アンリちゃんが受け取れるようにしてあげたの？」

しかしタクマには首を傾げる事しかできない。

「い、いや……俺は何もしてない。こういった事に手を加えるのは良くないと思うし……」

「え？　なら、あの位置にいたアンリちゃんに、ブーケが届くはずないんじゃ……」

タクマと夕夏が顔を見合わせていると、二人に念話が届く。

(我がやった。あの娘はお主らの家族であろう？　タクマは助力したくともできないようだから、干渉させてもらった。それに、あの娘は純粋に結婚を望んでおったのでな)

声音から察するに、どうやら大口真神のようだ。

だが、タクマが辺りを見まわしても、その姿は見えない。きょろきょろしていると、足元から念話が届いているのに気付いた。

(どこを見ておる。ここだ)

タクマと夕夏が足元に目を落とす。

するとそこには、ヴァイスに似た子狼に擬態《ぎたい》した大口真神がいた。

結婚式での大騒ぎを思い出したタクマは慌てた。

(大口真神様⁉　という事は、まさかヴェルド様達も⁉)

(落ち着け。大丈夫だ、あの三柱は来ない。というより、来られないようにしてある)

それから大口真神に、三柱がここに来られない経緯を説明されて、タクマは頷く。

(……なるほど。調子に乗りすぎて、動けないようにされたと。大口真神様はその報告がてらおいでになったのですか……)

(うむ。それに我が力を与えた事で、お前には随分苦労をかけたからな。そんなお前が伴侶を得るのだ。祝いに来るのは当然だろう)

そう告げる大口真神に、タクマは首を横に振る。

(確かに最初は苦労したかもしれません。ですが、大口真神様のおかげで家族を得て、守れています。それにヴァイスを授けてくれたのは得がたい救いでした。彼がいなければ、俺は力に呑み込まれていたかもしれません……だから、感謝しかありませんよ)

大口真神はそれを聞き、タクマの度量の深さに感じ入る。

そうこうしているうちに、食事処琥珀の庭で盛大な披露宴のパーティーが始まった。

タクマと夕夏は挨拶に来る人達の対応で、ゆっくりなどしていられない。

参加者はみんな、神から祝福を受けた二人と話したくて仕方がないようだ。

「よう、タクマ。すごい騒ぎだな」

ぐったりしていたタクマに話しかけてきたのは、大工の棟梁だった。

「棟梁。来てくださってありがとうございます。挨拶がまだですみません」

「気にするな。それにしてもすごい事になっちまったな。まさかヴェルド様から直接祝福を受けるとは。それに、お前達が転移者とはなあ。出鱈目《でたらめ》な奴だとは思っていたが、これで合点《がてん》がいった」

三柱が現れた事で、タクマが神の関係者であるのは参列者に知れ渡ってしまった。

なのでタクマは開き直って会話する。

「ええ。俺がこの世界に転移した時から助けてくれました。感謝していますよ」

ただし、はしゃぎすぎた三柱がどうなったか知っているので、タクマは密《ひそ》かに苦笑いを浮かべた。

祭壇のすぐ近くに参列していた棟梁は、式の様子を思い出すようにして言う。

「それにお前の故郷の神まで現れるとはなあ、驚いたぞ」

(実は今も足元におるのだがな。まあ、気付かぬというのは、我の偽装《ぎそう》が完璧なのだろう)

大口真神が得意げに念話を送ってきた。タクマはくすりと笑う。

そこでタクマはふとある事に気付いた。

（大口真神様、今思ったのですが……あなたがみんなに神と気付かれないなら、やろうと思えばヴェルド様達も、お忍びでこちらへ来られたのではないですか？）

こんな風にこっそり祝いに来てくれれば、あんな騒ぎは起きなかったはずだ。

大口真神はため息を吐きながら答える。

（いや、我が来られたのは、あの残念神どもがやらかした結果なのだ。祝福に我の力まで利用していたので、多少とはいえ、我もヴェルドミールに干渉できるようになったというわけよ）

要はヴェルド達が暴走しなかったら、大口真神は姿を見せてくれなかったというわけだ。

お仕置きされた三柱には悪いが、そのおかげで大口真神と対面でき、タクマは嬉しかった。

一通り挨拶を終え、タクマと夕夏はいったん食事処琥珀の中へ戻る。お色直しをするためだ。

中に入るとミカが待っていた。夕夏は着替えるため、別室に移動する。

タクマは黒のタキシードに着替えた。それが終わると、庭にいる大口真神に念話を送る。

（大口真神様。重ねてとなりますが、お礼を言わせてください。あなたが与えてくれた力のおかげで、俺はこんなに幸せです。そして、何物にも代えがたいヴァイスを遣わしてくれて、本当にありがとうございます）

タクマが再び心からの感謝を伝えると、大口真神は少し申し訳なさそうに言う。

（たびたび感謝してくれるのは嬉しいが……我の加護を受け、色々な苦難があったのだろう？　特にお主の心を変容させた事は、ずっと気にしておったのだ。今回、我がヴェルドミールに現れたのは、お前に謝らねばと思ったのも大きい。いらぬ難儀《なんぎ》もしたろうしな）

タクマは笑みを浮かべ、首を横に振る。

（大口真神様は俺を思って加護を与えてくれたのです。感謝はしても、決して恨んだりしません。困り事がなかったと言えば嘘になりますが、この力のおかげで守れたものも多いです）

（そう言ってもらえると、我も救われる。我の力は役に立ったか。そうか……）

タクマの言葉を聞いて、大口真神はふっと息を吐くと、顔を上げる。

（タクマよ。此度《こたび》は本当におめでとう。お前が幸せなら、我は満足だ。それにこんな機会は滅多に得られぬ。この騒ぎが終わったあとにでも、ともに酒を酌《く》み交わそうではないか）

タクマは大口真神の祝福に、とびきり嬉しそうに頷いたのだった。

9　団欒《だんらん》と大口真神

「タクマさん。夕夏さんの準備が終わりました」

ミカに声をかけられ、タクマが振り向く。

ミカの隣には、ピンクのカクテルドレスに着替えた夕夏が立っていた。

「ど、どう？　ピンクって歳でもないんだけど……」

恥ずかしそうに俯《うつむ》く夕夏に、ミカが笑って言う。

「何言っているんですか。とっても似合ってますよ。ねえ、タクマさん」

「あ、ああ。すごくきれいだと思う。堂々としていればいい」

タクマはドレスを身に纏った夕夏の前で跪《ひざまず》き、手を差し出す。

「さあ、お手を」

夕夏はタクマの手に自分の手を重ね、笑みを浮かべる。

「ありがとう。じゃあ、行きましょう」

二人は手を取り合って、食事処琥珀の外へ出る。その後ろに大口真神がつき添った。

それからタクマと夕夏は、披露宴に集まった人々に引き続き挨拶をしてまわっていた。出席者の中には、以前タクマがコラルの息子・ミークから救い出した親子の姿もあった。ミークは既に処罰されているが、コラルと違って粗暴な悪人だったのだ。

「あ、おじちゃんだ！　あれー？　さっきと服が違うねー」

その子供はタクマを見つけると、人懐《ひとなつ》っこい笑顔で走ってくる。

父親が慌てて注意する。

「こら！　こんなに人がたくさんいる所で走ったら……あ！」

しかし間に合わず、子供は近くにいた人に激突してしまう。

子供が地面に倒れそうになった瞬間――大口真神が体の大きさを変え、子供の襟を咥《くわ》えて転ばないよう支えた。

大口真神は口から襟を離して言う。

「周りに注意を払わぬと危ないぞ。怪我はないか？」

子供は大口真神を見て、キラキラと目を輝かせていた。

「え？　おおかみさん？　おしゃべりできるの？　それに大きくなった……」

大口真神はハッとする。思わず大きくなってしまったうえに、人の言葉で話してしまったのだ。

大口真神がどう言い訳しようか悩んでいると、タクマが優しく子供に語りかける。

「この狼さんはとても賢いから、人間の言葉くらい話せるんだ。町でヴァイスを見かけた事があると思うが、大きさが変わっている時があるだろう？　それと同じで、この狼さんも姿を変えられるんだ。それよりも狼さんが言ったように、人が多い所ではちゃんと周りを見ないと危ないぞ」

子供は素直に自分の非を認め、頭を下げる。

「はーい。ごめんなさい。おおかみさん、助けてくれてありがとう」

「う、うむ。分かればいいのだ。次から気を付けよ」

「うん！　気を付ける！」

子供はしっかりと返事をすると、近くにいた父親の所へ走っていった。

父親がすまなさそうに頭を下げる。

「タクマさん。申し訳ない」

「いいんだ。子供がこういう行事ではしゃぐのは仕方ないさ。それよりも、来てくれてありがとう」

タクマが礼を言うと、父親は嬉しそうに笑みを深める。

「来ないわけがないじゃないですか。命の恩人であるタクマさんが伴侶を得たのですから！　それに俺達だけじゃないです。ほら、周りもあの時助けられた者ばかりですよ」

父親に促されて見渡すと、確かにミークからタクマが救い出した者達が集っていた。

父親がタクマに告げる。

「今回、招待状が届いた時は驚きました。コラル様から使いが来るなんて……俺達はコラル様の息子を死に追いやったようなものですし」

ミークはこの親子を含む、多くの町の人を巻き込んだ誘拐事件を起こしたため、死罪となっていた。

息子が悪かったとはいえ、コラルには思うところがあるはずだ。それをおくびにも出さずに招待してくれたので、コラルの懐の深さに感激したと父親は言う。

「コラル様のおかげで、命の恩人であるタクマさんを直接お祝いできるのです。みんな同じ気持ちでここにいると思いますよ」

父親がそう言うと、会話を聞いていた周りの者達も次々とタクマの傍らにやって来る。

「タクマさん、結婚おめでとうございます」

「あなたに幸あらん事を願っています」

満面の笑みで祝福してくれる人々に向かって、タクマも笑顔を返す。

「ありがとう。俺は彼女と幸せになるよ。これからも町で会うだろうが、その時はよろしく」

そのように楽しく談笑していると、ふいにタクマの傍らに近付いてくる者があった。

コラルである。コラルは朗らかにタクマに語りかける。

「あの時の者達と話ができたようだな。みんな、招待を喜んで受けてくれて良かった」

「はい、おかげで話す事ができ、とても嬉しかったです。しかし、コラル様は複雑では……」

タクマがそう問いかけると、コラルは首を横に振る。

「確かに、思うところがなかったと言えば嘘になる。だが、既に割りきった事だ。俺の息子は罪を犯した。たとえ貴族でも、俺の息子でも、罰を受けなければならん」

タクマはそう言いきったコラルの強さを、改めて尊敬した。

コラルが話題を変えて言う。

「おいおい、今日はそんな事を考える日ではないぞ。めでたい日なのだ。飲んで騒ごうではないか」

それからコラルは事件に遭った者達の所に行くと、料理が並ぶテーブルへ連れていった。

被害者達はコラルが招いてくれた事に感謝を述べつつ、楽しく飲み食いしているようだった。

その様子を見て、大口真神が呟く。

「あの者は、町を治める人物として素晴らしいな」

「ええ……本来なら俺や彼らを恨んでいてもおかしくないです。ですが、あの方は全てを呑み込んで、俺達を迎え入れてくれました」

「そうか。お前の傍らにあのような者がいるのは嬉しいものだ」

そうしているうちに、夜が更けていった。

招待客が一人また一人と帰途につき、会場にはタクマの家族達だけが残った。

「大口真神様。そろそろ飲みますか。今日は俺だけでなく、是非家族もご一緒させてください」

タクマは、アイテムボックスから一升瓶《いっしょうびん》を取り出す。異世界商店で仕入れておいた日本酒だ。

大口真神は嬉しそうに尻尾を振る。

「おお。それは日本酒だな。めでたい席だし、家族もみんなで楽しもう」

タクマは大きなテーブルに升《ます》を並べると、家族全員を呼ぶ。

「みんな！　こっちで一緒に飲もう！」

タクマに呼ばれ、ファリンをはじめとした家族達が一か所に集まった。

大人には升を配り、タクマ自ら酒を注いでいく。子供には、コップを用意してジュースを入れてあげた。

「俺と夕夏のために、何から何までありがとう。これからもよろしく」

タクマがそう言葉をかけると、家族達は升やコップを掲げる。みんなの準備が整ったのを確認し、タクマは告げる。

「家族の幸せに！　乾杯！」

「「「「乾杯!!」」」」

　こうしてタクマと家族達は、深夜まで酒を酌み交わし、絆を深めたのだった。


　あっという間に時間が経ち、日付が変わるまであと一時間になった。

　そろそろ宴会もお開きにして、一同は湖畔に帰る事にする。

　ミカは食事処琥珀の従業員とともに、会場を片付けている。

　ファリンはウトウトしている子供達を起こしていた。普段は早寝の子供達がこんな時間まで起きていられたのは、気分が高揚《こうよう》していたからだった。

「ほら、そろそろ帰る時間よ。お家に帰ってベッドで寝ないとね」

　子供達は目をこすりながら、むにゃむにゃと反応を示す。

「まだ遊ぶ……」

「これ以上はダメよ。私達も一緒に帰るのだから、ね？」

　さすがに眠かったのだろう。子供達は素直にファリンの言う事に従い、帰る準備を始めた。

「さて、俺達も帰り支度を……」

タクマが夕夏を促すと、大人達が『何を言っているんだ』という表情で首を横に振った。

ファリンが大人達の意見を代表するように言う。

「二人は違うわよ。今日はトーランに泊まってもらうから。ね、スミスさん」

スミスが応える。

「タクマさん、夕夏さん。今夜と明日は鷹の巣亭に泊まってください。特に今夜は夫婦になって初めての夜ですから、二人きりでゆっくりされてください」

どうやら大人達で話し合い、夫婦の時間を作れるよう取りはからってくれたようだ。

スミスはタクマ達にだけ聞こえるような声で、ひそひそと耳打ちする。

「それに……家に帰っても……その……できないでしょう？」

夕夏は顔を真っ赤にして俯く。

タクマは思わず家族へ顔を向けるが、酒のまわった大人達はニコニコしているだけだ。

「この子達に、早く弟か妹をって話ですよ」

スミスがそう言って茶化すと、子供達も分かっているのかいないのか、眠い目をこすりながらお願いをする。

「僕ね……おとうとが欲しいんだぁ」

「私もおとうとがいい」

「俺はいもうとー」

照れ臭かったが、タクマは子供達の言葉を嬉しく感じた。これから授かるかもしれない子供を、当然のように家族の一員と考えてくれている。

タクマは子供達を一人一人、優しく抱きしめる。

「きっとみんな、いいお兄ちゃんやお姉ちゃんになるな」

タクマと夕夏は二人揃って家族に感謝し、お言葉に甘えて泊まらせてもらうと決めた。

そこへ、それまでは静かに飲んでいた大口真神が告げる。

「仲良き事は素晴らしい。タクマよ、今日のところは我もいったん戻るとしよう。明日の夜にでも、いつもの場所で会おうではないか」

続けてタクマにだけ、更に念話が聞こえた。

(この場では言えぬが、話しておくべき事があるのでな。夫婦揃って呼ばせてもらう)

そう言い残すと、大口真神は会場から姿を消した。

アンリがタクマに声をかける。

「さあ、タクマさん。私達は宿へ行きましょう。ほら、お父さん！　シャンとして！」

「ああ、分かってるよ……じゃあ、行きましょうか」

スミスがそう言ったのをきっかけに、家族は湖畔へ帰っていった。

その後、タクマと夕夏は、スミス一家に背中を押されるように鷹の巣亭へ向かうのだった。

タクマが鷹の巣亭の戸を開けると、従業員達が並んで出迎えた。

「タクマさん、夕夏さん。ご結婚おめでとうございます。本日から二日間、鷹の巣亭でごゆっくりお過ごしください」

「ささ、今日はもう遅いです。早速お部屋へご案内させてください。アンリさん、お願いしてもよろしいですか？」

アンリが笑顔で応える。

「はい！　タクマさん、夕夏さん、こちらへどうぞ」

それからアンリは、披露宴が終わるまで大事に持っていたブーケをカウンターの中にしまい、タクマ達を先導して歩き始めた。

案内されたのは、タクマが一番気合を入れて作った、二階の一番奥の部屋だった。

実はスミス一家は、開店以降もこの部屋に客を入れていない。結婚したお祝いに、タクマと夕夏を最初に泊めたいという配慮だった。

その事をアンリから聞き、タクマは感動する。スミス一家の心遣いが嬉しく感じられた。

部屋に入ると、アンリは二人にお茶を淹れた。その後少しだけゆっくりしてから声をかける。

「では、私はこれで……何かあれば呼んでくださいね」

アンリがすぐに立ち去っていったのは、気を利かせての事だった。

二人は淹れてもらったお茶に口をつけながら、今日一日を振り返る。

「ふう……内容が濃いというか、充実した結婚式だったな……」

「ええ……それにとっても幸せだったわ。ちょっとした騒ぎは起きたけど、ご愛敬《あいきょう》よね」

夕夏は「騒がしいのも今の自分達らしくていい」と言って笑ってから、ふと真面目な表情になる。

「みんなには感謝しないとね。わざわざこうして二人きりの時間を作ってくれるなんて」

「ああ。本当に最高の家族だと思う」

タクマはそう言って夕夏を見つめる。夕夏も微笑みを浮かべながらタクマを見た。

いい感じの雰囲気だったが、完全な二人きりは久しぶりだったので、お互いにこれ以上先に進むのを躊躇《ためら》ってしまう。

「あ、あー……その……ちょっと歩かないか？」

「え、ええ。そうね……」

立ち上がった二人は、手を繋いでリビングから庭へ出る。そして、お互いの距離を縮めていく……

「こんなに静かなのは、私が目覚めてから初めてかもね」

誰もいない宿の庭を歩きながら、夕夏は穏やかな表情でタクマに話しかける。

「そうだな。家はみんながいるから賑やかだしな」

タクマが家族に憧れていたのは、夕夏が誰より理解している。

夕夏は嬉しそうに言う。

「良かったね、タクマ。あなたの憧れを形にできて。私もその一員になれたのかな」

「ああ。もちろんだ。夕夏と家族達が揃ったからこそ、今のように笑えていると思う。どちらが欠けてもこんな風にはならなかった」

繋いでいた手を放したタクマは、夕夏の肩を抱き寄せる。タクマなりに雰囲気を良くしようとしているのだ。

夕夏はタクマの肩に頭を寄せて真っ赤になりつつも、微笑んで口を開く。

「ふふ……そうね、私もそう思うわ……ねえ、タクマ。そろそろ部屋に戻りましょう。汗もかいているし、ね？」

「ああ、せっかくみんながくれた時間だ。有意義に使わないとな」

二人きりの散歩を終えて、タクマと夕夏は部屋に戻る。

そして家族達の気遣いに感謝しながら、夫婦になった時間をゆっくりと過ごしていく……

◇　◇　◇

一方その頃、神の空間では大口真神を前にして、ヴェルド、鬼子母神、伊耶那美命が正座していた。

そこは、大口真神だけが見られる画面があった。画面には、幸せそうな笑顔で見つめ合う、タクマと夕夏が映し出されている。

「ふむ……これ以上眺めるのは無粋《ぶすい》というものだろう」

大口真神が前足を上げると、画面は消え失せた。

「さて、お主ら。馬鹿をやって多くの大事な場面を見逃したわけだが、気分はどうだ？」

大口真神に声をかけられて、ヴェルドは神妙に頭を下げる。

「はい……申し訳ありませんでした……」

反省した様子のヴェルドとは対照的に、鬼子母神と伊耶那美命は腑《ふ》に落ちない表情をしている。

大口真神はムッとしつつ問う。

「ん？　お主らは何か言いたい事があるのか？　言ってみるがいい」

発言を許されて、鬼子母神と伊耶那美命が口々に喋り始める。

「確かに私達はやりすぎました。それに関して反論はありません。ですが、この空間に正座で留め置かれたり、彼らの様子を見られないなんて納得いきません！」

「そうです！　私達だってお祝いに行きたかったです！」

鬼子母神は口をとがらせ、伊耶那美命も悔しそうにしていた。

大口真神は深いため息を吐いて口を開く。

「そう処遇したのは、お主らがまだ何かしようと企んでいたからだ！　これ以上影響を出されたら我でも抑えきれるかどうか……だから先手を打ったまでよ。それに、下の様子を見て喜ばせては、なんの罰にもならんだろう」

はしゃぎすぎた代償としては、当然の事である。

大口真神がそう伝えたものの、ヴェルドはつい呟いてしまう。

「でも……すごく楽しみにしていたのに……」

小さな声だったが、大口真神はそれを聞き逃さなかった。

「楽しみにしていたのは分かる。しかし地上に甚大な影響を与えたうえ、タクマ達を困らせる羽目になったのだぞ。あやつはお主らを理解しているから穏便に済んだが、トーランという町の者にまでリスクを負わせてしまったのだ。我が与えた罰で済むだけマシだとは思わんのか？」

大口真神の言う事はもっともで、ヴェルド達も反論はできない。三柱の暴走のせいでトーランは聖域化してしまったのだ。

「全く……そんな事だからタクマに呆れられるのだぞ。タクマはお主らがやらかした所業を聞いても、苦笑いを浮かべて華麗に流しておったわ。神が呆れられるなど言語道断《ごんごどうだん》だ」

「「「……ごめんなさい……」」」

さすがにここまで言われると、ヴェルド達も頭《こうべ》を垂《た》れるほかなかった。

落ち込む三柱を、大口真神は厳しくもあたたかい口調で諭す。

「よいか？　これからはもっと冷静に行動せよ。今回の事は、お主らが自重《じちょう》しておれば起こらなかったのだ。二度と同じ事を繰り返すでないぞ」

三柱はその言葉を噛みしめる。ようやく本当の意味で反省したのだった。

ヴェルド達のしおらしい姿を見てさすがに可哀想に思った大口真神は、一つだけ情報を与える事にした。

「まあ、十分に反省したようだし、我に怒られただけでは辛かろう。確かにあの町は聖域となった。しかし、例外も作ってある。タクマには明日それを話すが、お主らも知っておく必要があるな……」

ヴェルド達は目を輝かせて、大口真神の話に聞き入るのだった。

10　幸せな目覚め

「んんん……」

タクマは目を開けると、少しだるい体を起こす。

いつもと違い、辺りは静かだ。日は既に高く上がっている。

タクマは、幸せそうな寝顔の夕夏を起こさないようベッドから出ると、まっすぐ風呂へ向かった。

「んー……昼から入る風呂は格別だな……」

湯船で体を伸ばしてボーッとしていると、脱衣所から声をかけられた。

「タクマ、いる?」

夕夏も目を覚まして、タクマを探していたようだ。

「ああ、汗もかいたしさっぱりしたくてな」

「そう……私も入っていい？」

思いがけない夕夏の言葉に、タクマは動揺を隠しながら返事をする。

「そ、そうか？　じゃあ、俺は上がる……」

しかしそう言っている間に風呂の戸が開き、タオルで前を隠した夕夏が入ってくる。

「もう夫婦になったんだし、他に誰もいないんだから一緒に入っても構わないでしょ？　相変わらず変なところを気にするんだから」

夕夏は洗い場で体をきれいにしてから湯船に入り、タクマの隣へやって来た。しかし、その顔は少し赤くなっている。それを見て、タクマは笑みを浮かべる。

「男前な事言ってるけど、顔が赤いぞ」

「うるさい！　こうでもしないと一緒に入る機会なんてないでしょ」

そう言って、夕夏はタクマにお湯を浴びせる。

「ぷぁっ！　まあ……確かに言う通りだ。たまにはこういう時間もありか」

顔のお湯を拭うと、タクマは夕夏に笑いかける。

お互いに笑い声をあげながら、二人はゆっくりと風呂の時間を堪能した。

一時間後——さっぱりとした二人が部屋に戻って談笑していると、戸を叩く音が響いた。

部屋にやって来たアンリが、二人に挨拶をする。

「タクマさん、夕夏さん！　おはようございます！　ゆうべはお楽しみでしたね？」

それを聞いてタクマは思わずバッと顔を背《そむ》けるが、夕夏は苦笑いを浮かべる。

「おはよう、アンリちゃん。でも、最後の一言は余計かな。いったい誰にそそのかされたのかしら？」

夕夏はタクマと違って、日本ではゲーム好きだった。アンリの言葉はある有名なゲームに登場する台詞だが、彼女がそれを知るはずがない。

「え？　ミカさんとリュウイチさんが教えてくれたんです。タクマさん達の故郷ではお約束の一言だって」

アンリはきょとんとしながら質問に答えた。

ちなみに、リュウイチはミカの夫で、同じく日本人転移者だ。

「なるほどね。あの二人にはよく言って聞かせないとね……でも、楽しい一夜だったのは確かよ。みんなにお礼を言わないとね」

夕夏は大人な対応でアンリに笑いかける。

「良かったです。それでは、お昼ご飯を準備してもいいですか？」

「ええ。お腹ペコペコだから、お願いしてもいい？」

アンリは頷き、準備のために退室していく。

再び二人きりになると、タクマは先ほどの言葉について夕夏に説明してもらった。

「……へえ。ゲームの台詞なのか。しかも宿屋での一言とは洒落《しゃれ》が利いているな」

「全く……元ネタを知らないアンリちゃんだったからいいけど……」

呆れて言う夕夏を、タクマが落ち着かせる。

「まあまあ。あいつらなりの冷やかしというか、おふざけのつもりなんだろ」

「もう……でも、そうね。アンリちゃんも単純に宿屋を楽しんだという意味で口にしたみたいだし、これ以上は言わないでおくわ」

その後しばらく他愛のない話をしていると、再び戸を叩く音がしてアンリが入ってくる。

「お待たせしました！　すぐに並べますねー」

用意されたのは、タクマ達にとって懐かしいメニューだった。

「うどん？　それに天ぷらか……おにぎりまである」

「はい。タクマさん達が喜ぶだろうからって、ミカさんが作ってくれたんです」

鷹の巣亭で普段出される昼食は、もっとこってりしている。だが、昼まで寝ていた二人のために、さっぱりしたものを用意してくれたという。

「私うどん大好きなの！　嬉しい！」

「喜んでもらえて良かった！　ミカさん達にも伝えておきます。では、ゆっくり召し上がってくださいねー」

アンリが退室し、二人は冷めないうちにと食べ始める。

「うどんか……本当に久々だな。しかもこれって手打ちだぞ。ミカは本当に料理に詳しいな」

うどんをすすると、優しい出汁《だし》の風味が口の中に広がった。麺はツルッとしていてコシがある。

「関西風で優しい味ね。体に沁《し》みるわ……それに天ぷらはサクサクしてる！」

夕夏は久々に食べるうどん定食に感激し、勢いよく箸を進めていく。

「おにぎりも塩加減が絶妙だ。しかもこのご飯、昆布出汁で炊いてるのか。最高だな」

二人はミカの心づくしを心から堪能する。


――トントン。

二人が半分くらい食べ進めた頃、再び部屋の戸を叩く音がした。

タクマが入るよう促す。戸が開くと、暗い顔をしたヒュラが立っていた。ヒュラはタクマのもとにいる子供達の中では年長の存在だ。

その腕の中では、エルフの森で保護した赤ん坊のユキが眠っている。

「お父さん、せっかく二人きり日なのにごめんなさい。でも、ユキが泣きやまなくて……ようやく今、寝てくれたところなんだけど」

ヒュラはうっすらと目に隈《くま》を浮かべていた。

11　ユキの不安

ぐったりしているヒュラに、夕夏が温かいお茶を出した。

それを飲み、ヒュラはようやく落ち着いた様子だ。

ベッドに寝かせたユキを起こさないよう、タクマが小声で尋ねる。

「ユキはそこまで夜泣きがひどくないはずなんだが……そんなに泣いたのか？」

すると、ヒュラも声をひそめて昨晩の出来事を話す。

「僕達もいつもユキといるから、普段あまり泣かないのは知っているよ。でも昨日は……僕達みんなであやしたんだけど、全く泣きやまなかったんだ」

昨日、結婚式の終わったあと――ヒュラ達は自宅に戻ると、ユキを風呂に入れ、寝る準備を始めたそうだ。するとそれまで静かだったユキが、火が点いたように泣き出したという。

アークスや家族の女性達にも助けを求めたのだが、ユキは泣きやまなかったらしい。

ヒュラの話を聞いて、夕夏は驚く。

「でも、泣き疲れたら眠るでしょ？　体力が無限にあるわけじゃないし……」

泣くのにも体力を消耗する。いつまでも泣き続けるのは無理だ。

体調不良を訴えている可能性もあるが、ユキに限ってそれはないとタクマが否定する。鑑定スキルと回復魔法を使い、ユキの体調管理は徹底しているからだ。

ヒュラは困った表情で、二人に告げる。

「でも、アークスさんが言っていたんだ……」

あまりに泣きやまないユキを見て、アークスはこう推測したそうだ。

今までユキが夜に眠る時は、必ずタクマか夕夏がいた。その二人がいない不安から、ユキは泣いているのではないか。加えて、タクマと夕夏の魔力が近くにないのを感知して、身の危険を覚えたのではとも言っていたという。

タクマは驚いて口にする。

「アークスがそんな事を……」

確かにユキは様々な魔法の才能に恵まれた、稀有《けう》な存在だ。他の人間の魔力を感じ取れたとしても不思議ではないとタクマは考えた。

申し訳ない気持ちで、タクマは夕夏に抱かれたユキの頭を撫でる。

「そうか、ユキも連れてくるべきだったな……ごめんな……」

「ごめんねユキ……」

夕夏はすまなさそうにユキをぎゅっと抱きしめた。

「それと、アークスさんから伝言を預かったの。ユキを鑑定した方がいいって。こんなに長く泣き続けるなんて、もしかして新しい能力が増えたんじゃないかって」

早速、タクマは念のためユキを鑑定した。

「……うん……能力が増えたりはしてないな」

ユキの能力の一つに、体力増強（極）がある。おそらくその能力によって泣き続けられたのだろう。タクマはそう結論を出した。

ヒュラは、ユキに異常がないと聞いてホッとしたようだ。

それと同時にまぶたが落ち、ウトウトとし始めた。ヒュラ自身も体力の限界だったのだろう。

タクマはヒュラを抱き上げると、空いている寝室に連れていく。

ヒュラは、眠気で朦朧《もうろう》としながらもタクマ達を気遣っていた。

「ごめ……んなさい……すぐに帰るか……ら……」

「いいんだ。よくみんなで頑張ってくれた。ゆっくり寝な」

タクマはベッドに寝かせたヒュラの背中を擦り、寝るように促す。それでやっと緊張が解けたのか、ヒュラは深く眠り始めた。

タクマはヒュラに布団をかけ、居間に戻った。


居間には再びアンリが来ていた。

アンリはヒュラとユキを心配して、先ほどから部屋の前に控えていたという。

「ユキちゃんの泣き声、すごかったんですよ」

アンリがヒュラが来た時の様子を話してくれた。

ヒュラが現れた時、ユキは大泣きしていたそうだ。だが、タクマ達のいる二階へ上ったところで、ピタリと泣きやんだという。

「そして泣きやむと、あっという間に寝ちゃったんです。お二人がいると分かったんでしょうか」

宿に迷惑をかけたと知り、タクマはアンリに謝罪した。

他の宿泊客も困らせてしまったのではないかと気にしていると、アンリは笑って言う。

「大丈夫ですよ。ユキちゃんを目にした方々は、赤ん坊は泣くものだから、早く親の所へ連れて行ってあげなさいって言ってくれました」

「そうか、ありがとう。申し訳ないが、他のお客にも謝罪を頼めるか？」

自分が行っても角が立つと考え、タクマはアンリに頼む。

アンリは気にしないようにとタクマをなだめた。

「問題ないですよ、お父さんが対応しましたから。皆さんは安心して、ゆっくりしてくださいね」

アンリはタクマ達を気遣いつつも、他に仕事があったので部屋を出ていった。

タクマと夕夏は、ユキが目覚めるまで近くで見守る事にした。

「お？　そろそろ起きるかな」

タクマはそう言うと、夕夏の腕の中で眠るユキの顔をのぞき込む。

ゆっくり目を開けたユキは、いきなり派手に泣き出した。そして、小さい手をタクマに向かって伸ばしながら口にする。

「あーう、だあだ、だあだぁ～」

「え？　今、だあだって……」

タクマは驚きを隠せなかった。生後数か月のユキが、「だぁだ」と自分に呼びかけているように感じたのだ。

タクマは驚きつつも、ユキを夕夏から受け取って抱っこする。

ユキは抗議するように、タクマの頬を叩く。

「いたた。昨日は置いていってごめんな。大丈夫。今は俺もお母さんも一緒だから」

機嫌を直してもらおうと、タクマは不器用ながらもトントンとユキの背中を叩く。ユキは次第に落ち着き、頬を叩くのをやめてタクマに抱き着いた。

ユキが泣きやんだところで、タクマは顔を上げて夕夏に言う。

「な、なあ！　ユキが俺に、だあだって……」

「タクマを呼んだって事？　うーん、多分違うと思うけど……でも、タクマを見てはいたわよね」

すると、ユキが再びタクマの顔に手を伸ばしてきて口にする。

「だあだ！」

「やっぱり！　俺を認識して言ってるぞ！」

タクマは相好《そうごう》を崩し、大喜びで夕夏を見る。

「そうね……普通の赤ちゃんと比べると少し早い気がするけど、私達の常識では測れないのかも。特にユキの場合は、色々と規格外だろうし」

「うーん……まあ、嬉しい事だからいいよな」

異世界の子育ては日本とは違うのかもしれないと、二人は納得する。

ユキが更に言葉を発する。

「まんま、まんまぁ」

「あら、本当に喋ってる！　お腹が空《す》いたみたいね。タクマ、ミルクをあげるから、こっちにユキを」

タクマからユキを受け取った夕夏は、備えつけのベルを鳴らしてアンリを呼ぶ。

やって来たアンリが尋ねる。

「あ、ユキちゃん起きたんですね。ミルクでしょうか？」

横で顔を綻《ほころ》ばせているタクマの表情が不気味だったのか、アンリはビクッと肩を竦《すく》ませてしまった。

アンリがそそくさと部屋を出ていくと、夕夏は苦笑いを浮かべる。

「ねえ。嬉しいのは分かるけど、ちょっと顔が緩みすぎじゃない？」

デレッとしたタクマの表情に、夕夏は少し引いているようだ。

「そんな事ないさ。子供が初めて俺達に分かる言葉を話したんだ。喜ぶのが普通だろ？」

「それはおめでたいけど……でも、タクマだけっていうのが悔しいわ。私もママって呼ばれたい」

夕夏はそう言って、ユキの顔をのぞき込む。

二人が揃って傍らにいると分かってから、ユキは大人しいものだった。

しばらくしてアンリが哺乳瓶《ほにゅうびん》を手に戻ってくる。

夕夏がユキにミルクを与えると、お腹が空いていたのか、ユキはあっという間に飲み干した。ようやく全てに満足したのか、そのまま眠りに落ちてしまった。しかし、手はタクマの服を握ったままだ。

眠っているユキの愛くるしい様子を、アンリは微笑みを浮かべて見守る。

「よほどお父さんが恋しかったんですね。ちっちゃい手でしっかり握ってる」

みんなで眠るユキを眺めていると、ヒュラが居間にやって来た。

目尻を下げきってユキを眺めるタクマの顔を見て、ヒュラはぎょっとする。ここまでデレデレなタクマを見るのは初めてだった。

「お父さん……？」

「おお、ヒュラ。起きたのか。体調はどうだ？　もっと寝ていても大丈夫だぞ」

「大丈夫。それより、すごく嬉しそうだけどどうしたの？」

ヒュラに理由を聞かれたタクマは、満面の笑みを浮かべて先ほどの出来事を話したのだった。

ヒュラはタクマ達と話したあと、すぐに湖畔へ帰っていった。タクマは「ここにいて構わない」と伝えたが、ヒュラは「お父さん達の時間を邪魔したくないから」と言ったのだ。

ヒュラを見送ったあと、タクマと夕夏の二人は途中だった食事を済ませ、ゆったり時間を過ごす。

しばらくしてユキが目覚めた。

タクマはユキを外へ連れ出し、一緒に遊び始める。

「ほーらユキ、こっちだぞー」

「あーい。だあだー、あうー」

宿の周りには、魔法で海が再現されており、浅瀬までなら行く事ができる。

フカフカした砂浜の感触を初めて体験し、ユキは大喜びだ。

夕夏はテラスに置かれた椅子に座り、タクマとユキが遊ぶ様を満足そうに眺めている。

アンリはその光景を見て、ポツリと呟く。

「こうして見てると、本当に血の繋った親子みたい。ユキちゃんが泣いてる時はどうなるかと思ったけど、タクマさん達の側に来たらすぐ安心してた。タクマさんのユキちゃんを見る表情はお父さんそのものだし、二人を見守る夕夏さんはお母さんみたい。いいなぁ」

あまりに幸せそうな三人の姿に、アンリはいつかこんな家庭を築きたいと願うのだった。

タクマ達がこうして時間を過ごしていると、あっという間に夜になった。三人は食事を済ませ、居間でのんびりとくつろぐ。

思う存分遊んだせいか、ユキは真っ先にウトウトし始めた。

「お？　眠いのか？　そろそろ寝るか？」

胸に抱っこしているユキに、タクマが声をかける。

ユキはまだ寝ないと主張するように首を横に振り、タクマの頬に手を伸ばす。しかし睡魔《すいま》には勝てなかったのか、そのまま眠りに落ちてしまった。

タクマと夕夏は顔を見合わせ、笑みを浮かべる。

「ふふふ……寝ちゃった。じゃあ、ちょっと早いけど私達も寝ましょう」

「ああ、そうだな。でも今夜は例の白い空間へ呼ばれるらしいから、ちょっと寝るのが怖いな」

今夜は大口真神に、神々の空間へ来るように誘われているのだ。当然ヴェルド達もいるだろう。

色々とやらかされて以来、これが初めての対面だ。今会う必要があるのも分かるが、正直なところ、幸せな気分のまま眠っていたいというのが本音だった。

そんなタクマを促すように、夕夏が言う。

「そうは言っても仕方ないわよ。徹夜するわけにも、話を聞かないわけにもいかないでしょ。諦めて寝ましょ、ね？」

タクマは夕夏とともに寝室に向かった。夕夏がユキをベッドの真ん中に寝かせる。タクマは部屋の灯りを消し、夕夏の反対側に横になる。こうして三人が眠りにつく。


その後、タクマが目を覚ますと、いつもの白い空間にいた。

タクマだけではなく夕夏もおり、タクマの腕の中にはユキがいる。

目の前ではヴェルド、鬼子母神、伊耶那美命が正座しており、その横に大口真神が座っていた。

「すまんなタクマ。二人きりの夜を邪魔して……ん？　その子は誰だ？」

大口真神は、タクマに抱かれているユキに目を向ける。

「この子は俺が保護した赤ん坊です。同じベッドで寝ていたので、一緒に呼ばれたのでしょう」

「ふむ、そう簡単にこの空間に来られるはずはないのだがな……まあいい。それでは話を……」

大口真神が本題に入ろうとすると、元気な声に遮られた。

「きゃうー！　だう！」

声の主はもちろんユキだ。ユキは大口真神に向かって、一生懸命に小さな手を伸ばしている。

「すみません。今落ち着かせるので」

しかしタクマが何をしても、ユキは知らんぷりだった。大口真神を見つめながら、キャッキャと喜んでいる。

大口真神もはしゃいでいるユキをじっと見つめた。

「ふむ……赤子《あかご》よ、我に興味があるのか？　……よかろう。ヴェルド神よ」

大口真神に急に声をかけられ、ヴェルドはギクッとして背筋を伸ばす。

「良いか？　我がこの赤子を世話をするゆえ、お主がタクマと夕夏に説明せよ。我が傍にいないからといって、適当に伝えおったら許さんぞ」

「はい！　ちゃんとお二人にお話しします！」

大口真神は満足げに目を細めると、タクマ達に告げる。

「タクマ、そして夕夏よ。これからヴェルド達より大切な話がある。この赤子はどうやら我に関心があるようだ。しばらく預かろう」

大口真神が子守《こもり》をしてくれるとは思わなかったので、タクマは驚きのあまり固まってしまった。

「お前達から遠く離れるつもりはない。安心して任せよ」

それから大口真神がユキを自分の背中に乗せるよう促したので、タクマは慌てて従った。

「この赤子の名は？」

名前はユキだと教えると、大口真神は背中のユキに語りかける。

「ユキよ。お主の父と母は、これからヴェルドと大事な話をしなくてはならぬ。その間、我とともに遊んで待とうではないか。分かったかの？」

大口真神の声は静かだが、頭の中まで響くような厳《おごそ》かさがあった。

ユキは大口真神の問いに返答を示すように、その首にしっかりと腕を巻きつける。

「ふむ。なかなか利発な子だの。それでは行こうか」

大口真神はユキを乗せたままゆっくり歩き、タクマ達から離れていった。

「では、タクマさん、夕夏さん。そろそろ話を……」

ヴェルドが大神真神とユキの様子を見守る二人に、おずおずと話しかけた。

12　小さい女神

「まず、謝罪させてください。私達のせいでトーランの町を聖域にしてしまいました。自制すべきでした。本当にごめんなさい！」

ヴェルドが頭を下げると、鬼子母神と伊耶那美命もそれに続く。

タクマはその様子を見て、三柱が大口真神からこってりお説教されたのだと悟った。

「ヴェルド様達に悪気がなかったのは分かっています。祝福したかった気持ちも本物でしょうし。ただ、確かにやりすぎてしまいましたね……」

うなだれている三柱の表情から、しっかりと反省しているのがタクマに伝わった。ただ、町に大きな影響が出てしまったのも事実だ。そこで、タクマは三柱に提案する。

「トーランは俺の町ではありません。まずは統治者に謝るのが筋《すじ》かと思います」

ヴェルドは顔を上げると、真剣な面持ちで告げる。

「はい、もちろんです！　国王パミル、領主コラルには昨日謝罪を行いました。そして、トーランが聖域化によってどのように変化するか、詳しく伝えてあります。二人とも困惑してはいましたが、私の謝罪を受け入れ、対処を約束してくれました。パミルは国をあげてトーランを保護すると言い、コラルもトーランの責任者として、今まで以上に整備に努めると言ってくださいました」

「それなら、俺から言う事はありません。お二人も聖域化のデメリットも分かったうえでそう言ったのでしょうし……」

きっと今頃、パミルとコラルは聖域化による様々な対応に追われているのだろう。

その苦労を考えると、タクマは申し訳ない気持ちになる。自分達の結婚式が原因で、二人はとてつもない重圧を負ってしまったのだ。

「帰ったら、俺も謝りに行かないとな……」

タクマは思わず呟いた。

それを聞いたヴェルドは、しゅんとした表情を見せる。しかし役目を果たすために、トーランに起こる変化について説明を始めた。

まずトーランには、多岐にわたる加護がもたらされるという。縁結び、安産、豊作、無病息災《むびょうそくさい》などだ。おそらく三柱の御利益《ごりやく》が反映されたのだろう。

だが大口真神も指摘した通り、デメリットもある。神の加護を受け、恵まれた土地となったトーランを巡って、国同士の争いが起きる可能性が生まれてしまった。

ただ、その対策は全力で行うつもりだと、ヴェルドは厳しい表情で言う。

「これから各国の統治者に神託を授け、聖域化したトーランだけでなく、国への関与も許さないと伝えます」

それでも手を出そうとする者がいたなら、ヴェルド自身が率先して阻止するつもりだという。

「神であるヴェルド様ご自身も動いてくれるのですね」

「ええ、私が作ってしまった火種です。できる限りの事はいたします」

この世界の人々は、ほとんどがヴェルドを信仰している。ヴェルドが神託を与えれば、従う者が多いだろう。

タクマはそう考え、ホッと胸を撫でおろす。

そんなタクマの表情を見て、ヴェルドは言いづらそうにきり出す。

「あとですね……もう一つ言わないといけない事があるのです。大神真神様がトーランの町に封じ込めた神の力なのですが……トーランの町の内だけでは、収まりきらなかったそうなんです」

ヴェルドから告げられたのは、衝撃的な話だった。

町だけで収まりきらなかった神の力は、教会にある空間跳躍の扉から、別の場所に送られた。その場所が、タクマ達の住む湖畔だというのだ。つまり、タクマの土地もトーランと同じように聖域化してしまったのである。

タクマは呆然としながら、ユキと遊んでいる大口真神を見やる。

「それ、大口真神様からも聞いていませんけど……」

「あの……タクマさん。こうしたのには、その、理由があってですね……」

ヴェルドは途中まで言いかけ、もじもじと口ごもる。

タクマは深くため息を吐くと、ヴェルドが口にしようとした事を先まわりして言う。

「はあ……要するに、ヴェルド様達が遊びに来るためでしょう？」

それからタクマは次のような事を伝えた。

結婚式の夜、大神真神は子狼の姿でトーランに降臨した。それと同じ事が、今後はヴェルド達にも可能になる。となれば好き勝手にトーランに出入りして、また問題を起こさないとも限らない。だから大口真神が何らかの方法で、三柱がトーランに入れないようにした。

しかし人間界に行くのを完全に禁止すれば、不満をつのらせてまた暴走するかもしれない。代わりに三柱が行き来できる場所として、タクマの土地が選ばれたのだろう。

ひと通り聞き終えると、ヴェルドは目を丸く見開く。

「な、な、なんで分かったのですか⁉」

「いや……トーランに大口真神様が現れた時から、ヴェルド様達も今後同じ事をしそうだと考えていました。加えて先ほどの話を聞いて、ピンと来たんです」

「タクマが予想した通りだ」

突然、タクマの背後から大口真神の声がした。タクマが振り向くと、彼はいつの間にかすぐ近くに来ていた。その背中では、ユキが気持ち良さそうに眠っている。

大口真神は続ける。

「こやつらにまた暴走されてはかなわん。タクマには申し訳ないが、お前が住む土地だけに行けるよう細工させてもらった。加えて、こやつらには別の制限も設けてある」

「「「「制限？」」」」

タクマと夕夏だけでなく、三柱まで声を揃える。そんな話は、三柱も聞いていなかったのだ。

「うむ。こやつらをそのまま降臨させるわけにはいかん。自重を知らんのでな」

大口真神はそう言って、前足で地面を叩いた。

すると、地面から三体の小さな人形が現れる。人形達はそれぞれ、ヴェルド達そっくりの姿だ。

「あら、かわいいお人形」

夕夏の言葉に、大口真神が頷く。

「うむ。その通り、人形だ」

大口真神の言う制限とは、三柱が地上に行くには、人形に憑依《ひょうい》する必要があるというものだった。

人形には強力な封印が施してあり、絶対に神の力を使えないようにしてある。これはヴェルド達の暴走を防ぐためだとの事だった。加えて、人形は精霊と同じ性質になっているので、タクマ達一部の人間にしか認知できないらしい。

「しかし、ヴェルド様達が身を守る方法がないのでは？」

タクマが尋ねると、大口真神はにやりと笑いながら答える。

「お前の土地でこやつらが力を使う必要があるか？　タクマ、守護獣、火竜、精霊王までおるならば、これ以上に安全な場所はあるまい」

タクマも納得せざるを得なかった。確かに危害を加えられる事はないだろう。

「それに、人形には魔力を宿してある。多少の不便ならどうにかなるであろう」

さすがの大口真神も、少しは情けをかけていた。

タクマはホッとして言う。

「それなら遊びに来るくらいでは困らないでしょうね」

「うむ。お前や家族には迷惑をかけるが、ヴェルド達が訪れた時はよろしく頼む」

タクマと夕夏は、暴走さえしなければ三柱を歓迎する気でいた。

三柱は初め、自分達のあまりの信用のなさに心外な顔をしていた。しかし迷惑をかけたのに地上に行けるのに感謝すべきだと思い直し、文句も言わずに静かに座っていた。

その後、話が一段落すると、夕夏とヴェルド達はタクマと大口真神のもとを離れ、人形を囲んでワイワイと騒ぎ始める。

（タクマよ、まだ秘密にしておるが、あの人形にはもう一つ仕かけがある。聖域に神が行き来するのに、回数制限などない。するとあやつらはどうすると思う？）

すると大口真神が、すぐ近くにいるにもかかわらず、タクマに念を送ってくる。

（ああ……入りびたりになるかもしれませんね……）

大口真神は情けなさそうに頷く。

（うむ……よって滞在時間は二十四時間とし、超過すれば強制的に帰らせるようにしよう。あとは頻度の制限だが……）

大口真神がタクマを窺う。頻度はタクマの希望に合わせるつもりのようだ。

（そうですね……一週間に一度というのはいかがですか？）

月に二、三度なら手間も少ないだろう。そう考えて、タクマが提案した。

（うむ……そのくらいで良かろう。では設定しておくぞ）

二人が密談を終えると、夕夏の声がする。

「タクマ、見て！　きれいな羽！」

タクマが、手招きする夕夏の所へ行くと、ヴェルド達が人形に憑依してはしゃいでいるところだった。

「ほらほら！　こんな事もできるんですよ」

ヴェルドはそう言って、背中に生えた羽をタクマに見せる。

羽は薄い金色をしており、羽ばたくたびにきれいな光を鱗粉《りんぷん》のように振り撒いていた。人形に宿った魔力を使って羽を出しているのだ。

「馬鹿者が……何も考えずに魔力を使っていると……」

大口真神が呆れてそう呟いた直後、突然羽が消え、ヴェルドが地面に向かって垂直に落下する。

「危ない！」

夕夏は慌てて手を出し、ヴェルドを受け止めた。

大口真神はかわいそうな者を見る目をして、ヴェルドに告げる。

「問題児のお主に、無尽蔵《むじんぞう》の魔力を与えるはずがなかろう。人形に宿した魔力は、小さな体での不便さを解消する程度だ。いつものように魔力を無駄にすれば、あっという間に尽きてしまうぞ」

「うう……かわいいと思ったのに……」

夕夏の手の上でしょんぼりと縮こまるヴェルド。

夕夏はヴェルドに必死でフォローを入れる。

「ま、まあ……地上に来る前に分かって良かったじゃないですか。ねっ、ねっ？」

膝を抱えて落ち込むヴェルドの姿には、女神としての威厳は全くなかった。

そのあとヴェルド達が湖畔に来る日取りを決めて、タクマ達は神の空間からお暇《いとま》した。

第❷章

おっさん、ダンジョンへ行く

13　大人組の異変

頬を叩かれる刺激で、タクマは目を覚ます。

「だあだ、だあだ、あうー」

タクマの胸にはユキが乗っていた。

ユキは家族でも一番早起きで、しかも必ずタクマを起こしに来るのだ。

「う～ん……ユキ……？」

「あいー、だうー」

タクマが寝ぼけ眼《まなこ》をこすっている間も、ユキは満面の笑みでその頬を叩く。

タクマは手を伸ばしてユキを抱っこすると、起き上がって着替えを始める。

二人は着替えを済ませると、まだ寝ている夕夏を起こさないようにしながら居間に移動した。

「ユキ。今日も早起きだな。夕夏が起きる前に散歩にでも行くか？」

ユキは嬉しそうに手を振りながら、かわいらしく返事をする。

「あうー！　あい！」

タクマはユキを抱っこして宿の庭へ出た。

いつもと違う景色に、ユキは楽しそうに辺りを見まわす。

ちょうど海から朝日が昇るところで、朝霧《あさぎり》が太陽に輝き、幻想的な風景が広がっていた。

「きれいだな。湖畔の朝もいいけど、鷹の巣亭の景色も最高だろ？」

タクマはユキに問いかける。

「あいー。あー」

ユキは海辺の風景に釘付けになっていた。

タクマはそんなユキの様子に笑みを浮かべつつ、ユキを抱いたまま散歩を続けた。

しばらくして部屋に戻ると、まだ眠そうな夕夏が寝室から出てくる。

「おはよう、タクマ、ユキ。相変わらず早起きね」

「おはよう。夕夏こそ、今日はいつもより早起きだな」

タクマの言葉に、夕夏は困ったように笑う。

「うーん。少し変な感じなのよね。鷹の巣亭に泊まらせてくれたみんなの気遣いはもちろん嬉しいわ。だけど、やっぱり家に帰りたくなっちゃって」

夕夏は、湖畔で待っている子供達の事が気になるようだ。

実はタクマも同じ事を考えていた。

そんな会話をしていると部屋の戸が叩かれ、アンリが入ってきた。

「おはようございます！　ゆっくりできましたか？」

「ああ。くつろがせてもらったよ。でな、十分休ませてもらったし、家に帰ろうかと思うんだ」

タクマがそう言って要望を伝えると、アンリは笑顔で頷く。

「家でみんなが待っていますもんね、分かりました」

アンリはいったんその場を離れると、朝食を載せたカートを押して戻ってきた。

その朝食はタクマ達にとって、とても懐かしいものだった。白米に味噌汁、ヤマメのような魚の塩焼き、おひたし、生卵。純和風な献立だ。

目を輝かせる二人を見て、アンリは嬉しそうに言う。

「ミカさんが、きっとお二人が喜ぶだろうってレシピをくれたんです。それで作ってみました」

タクマと夕夏は嬉しそうに手を合わせる。

「ありがとう！　いただきます！」

「いただきます」

ユキにミルクをあげながら、二人は食事を口に運んでいく。

「米の炊き方がばっちりだな。味噌汁もいい塩気だ」

「お魚もちょうどいいわよ。おひたしも出汁がしっかりと効いてる」

二人は感想を言いつつ、あっという間に平らげた。

そして再び手を合わせる。

「「ごちそうさまでした」」

「けぷっ」

ユキもお腹がいっぱいで、ご機嫌な様子だ。

アンリはにこにこしながら空《から》になった食器を片付け、再び退室していった。

「最高だったな……」

「ええ。あとでミカさんにお礼を言わないとね」

二人はすっかり満足し、談笑をしてゆっくりと食休みを取った。

その後は帰り支度を整え、正午まで二時間ほどというところで部屋を出る。

階段を下りると、スミスが見送りに来てくれた。

「タクマさん、お帰りですね。ご利用いただきありがとうございました」

「こちらこそありがとう。最高の二日間だったよ。いい思い出になった」

タクマとスミスはお互いに手を差し出し、固く握手を交わす。

「鷹の巣亭は私の所有物ではなく、タクマさんの宿です。満足していただけたなら、それはタクマさんご自身の力でもあるのですよ」

「俺はきっかけを作っただけなんだけどな……でも、そう言ってもらえて嬉しいよ。ありがとう」

こうして挨拶を終え、タクマは夕夏達を連れて宿を出た。

ところで、タクマは先ほどから違和感があった。タクマは、アンリやスミスの雰囲気が、昨日と違うと感じていた。しかし具体的にどこが違うか分からないので、気のせいだと思い込む事にした。

湖畔への空間跳躍の装置を使うため、食事処琥珀に移動する。タクマが見ると、門に『本日定休日』と張り紙がされている。

「そうか、忘れてたな」

食事処琥珀は一週間に一度の休みを設けている。毎日盛況なので、交代で休憩するだけでは従業員の疲れが取れないからだ。

タクマ達は無人の食事処琥珀の中にそっと入り、空間跳躍を使って二日ぶりの我が家へ戻る。


「おかえりなさいませ、タクマ様」

湖畔の家でタクマ達を真っ先に迎えたのはアークスだった。

タクマはただいまと言いかけて、アークスの顔を見て驚いてしまった。

「………アークスか？」

夕夏とユキも驚いた顔をしている。

「え……アークスさんなの？」

「あうー？」

アークスは困った様子で口を開く。

「はい、タクマ様が不在の二日間で、このような事に……居間に大人達が集まっていますが、同じような事態が起きております……」

タクマは夕夏にユキを預けると、慌てて居間に駆け込んだ。

そして集まった大人達を見て、硬直してしまった。

「う、嘘だろ……？　若くなってる……!?」

タクマはうろたえながらもう一度全員の顔を見まわす。

そこにいるのは見慣れた家族のはずだが、以前と同じ容姿の者はいなかった。

タクマは呆然とし、何も言えないまま立ち尽くした。

「最初の変化は、体の調子が良くなった事でした……」

背後からついてきたアークスが語ったのは次のような内容だった。

結婚式から戻った大人達は、食事処琥珀の従業員とともに、家の庭で慰労会《いろうかい》を行っていた。

結婚式で目にしたタクマと夕夏の幸せそうな姿を肴《さかな》に、大いに飲んで騒いでいると——湖畔の大人達の体がぼんやりと光り始めた。

初めは酔っていて気付かなかった大人達に、子供が異変を教えた。

アークスが自分の身に何が起きたか確認すると、一つだけその場ですぐに分かった事があった。

朝と比べて体調がとても良くなっていたのだ。

年を取ってから重く感じていた体が軽くなっていた。年々弱くなっていた酒にも強くなったのか、先ほどまで浴びるように飲んでいたのに体調は良いままだ。

だが酔っていた事もあり、そしてそれ以上深く考えないまま、宴会を楽しみ、そのまま床についた。

翌朝――目覚めると、疲れも酒も体に残ってはいなかった。アークスはいつになくすがすがしい気分で、朝から精力的に活動した。昨日と同じように、妙に体の調子が良い。

なおその現象は、アークスだけのものではなかった。みんなが口々に同じ感覚を訴えたのだ。いったい何が起きているのか分からなかったが、どうやら一過性のものではなさそうだ。そう考えたアークス達は、体の変化を詳しく調べ始めた。

結果として、歳を重ねた証《あかし》である皺《しわ》や白髪が減り、若くなっていると判明したのだ。

アークス達はさすがに不安を覚え、タクマを呼ぶべきか相談したが、体に不調があるわけでもないので、タクマの帰宅を待つ事にしたという。

一通り説明し終えると、アークスはため息交じりに告げる。

「せっかく結婚されたばかりのお二人の邪魔はできません。ユキはまだ幼いので慌てて連れて行きましたが、私達の事など後まわしで構わないと考えまして……」

タクマは驚きつつも、なんとか事態が呑み込めた。

「それで、今の状態になったのは……？」

「ここまではっきりと姿が変化したのは、今朝の事です」

「そうか……結婚式の夜から時間をかけて若返ったというわけか……しかし、こんなに大きな変化が出るとなれば、町の様子が気になるな……」

タクマはそう言うと、大人達に確認する。大人達によると、今のところなんの問題も起きていないという。

しかしこの現象の原因が聖域化にあるなら、同じく聖域化したトーランでも同じ事態が起きているはずだ。今頃大騒ぎになっているかもしれない。

そう考え、町の様子を見に行こうとするタクマに、夕夏が声をかける。

「ねえ、タクマ。鷹の巣亭からの帰りがけにトーランを歩いたし、食事処琥珀も通ったけど、騒ぎが起こっているようには見えなかったわ。なら、町に行く前に大口真神様に確認をした方がいいんじゃないかしら」

夕夏の言う事はもっともだった。

タクマはそう感じつつ、更にある事を思いつく。

土地が聖域化したなら、神とも念話で連絡が取れるかもしれない。

タクマはヴァイス達と念話する感覚で、大口真神を呼んでみる。

(大口真神様、タクマです。聞こえますか？)

(む？　どうしたのだ？)

タクマが呼びかけると、すぐに反応が返ってきた。この方法は有効だったようだ。

タクマは大人達にに起こった変化を、ありのままに告げた。

すると大口真神から大きなため息が漏れる。

(はぁ、やはり起こってしまったか……新婚の身にいらぬ心配をかけぬよう、黙っていたのだが……)

タクマにはなんの事やら分からなかった。やはりと言うからには、大口真神は事件が起こると知っていたのだろうか。

タクマはそう思って困惑していると、大口真神から待つように伝えられた。

やがて大口真神から念話が送られる。

(神の空間からトーランの様子を調べてみた。しかし、大きな変化があったのはお前達だけのようだぞ。トーランの住民も多少若返っているかもしれぬが、外見上の変化はさしてない。おそらくだが、普段からお前の近くにいる者にのみ、強く影響が出たのではないか?)

(教えていただきありがとうございます……大口真神様は、こうなるとご存じだったのですか?)

タクマの問いに、大口真神は気まずそうに黙り込む。

そして、しばらくして告げる。

(お前という存在が特殊すぎるのだ。我といえど、若返りが本当に起こるかは分からなかった)

それから大口真神は、若返りについての自説を語り始めた。

タクマは種族的に、神に連なる存在だ。そのタクマに家族は密接に関わってきた。そのため、タクマの力——つまり加護のようなものを徐々に得ていたのではないか。

だが、それはごく僅かずつだったので、目に見える変化が起きる事は今までなかった。

ところが今回、タクマの家族は聖域化を引き起こすほどの強大な神の力に触れた。それがきっかけとなり、若返りが起きたのではないか。

大口真神は一通り話し終えると、最後にまとめるように言う。

(実はヴェルドには、若返りが起きる可能性がある事を伝えておいたのだ。ヴェルドは今、聖域化したトーランを侵攻しないよう、各地で神託を授けている最中だからな)

タクマはじっと考えてから言葉を紡ぐ。

(今まで俺の力をゆっくり吸収してきた者に若返りが起こったと……なら、若返りは俺と関わりを持つ、限られた人々にしか起こらないのでしょうか)

(うむ、そうだ。我の予測が当たっておれば……お前と親しくしてきた者であれば、家族と同じように大きな変化が起こったのではないか)

(スミス一家やシスター達、コラル様、それに宰相《さいしょう》のザイン様ですか……)

この不可解な現象について、タクマはようやく理解を深める事ができた。

大口真神に感謝を伝え、念話を終える。

次に取るべき行動は、トーランの知人を訪ね、状況を確認する事だろう。

こうして新婚早々、タクマは慌ただしく動き始めた。

◇　◇　◇

家に戻ったタクマは、家族に頭を下げる。

「みんな、突然こんな事になり、すまない……」

そして大口真神から聞いた話を伝える。

アークスをはじめとした大人達は静かに聞き入っている。しかしタクマが話し終えても、全員すぐには信じられない様子だった。

それも当然だろうとタクマは思う。普通の人間が若返ったと言われても受け入れられるはずがない。

「……ところでこの現象によって、私達には何か不都合が起きるのでしょうか？」

アークスが尋ねた。

「いや、若返りによる体や精神へのデメリットは聞いていない」

「なるほど……それなら問題ないかと思います」

アークスは見た目が大幅に変わってしまったのに、あまり気に留めていないようだった。

タクマは困惑してアークスを見つめる。

すると、家族の中でも古参であるカリオが口を開いた。

「元々お前は規格外な大黒柱だから、いつかはおかしな事も起きるだろうと思ってたよ。むしろ、遅すぎなくらいじゃねえか？　話を聞いてりゃ、お前が悪いわけじゃないし、若返ったせいで悪影響があるわけでもないんだろう？　むしろ全盛期の体に戻れてありがたいぜ。なあ、みんな」

カリオの呼びかけに、家族は揃って頷く。

続いてファリンがあっけらかんとした調子で言う。

「そうねえ、これから食事処琥珀が忙しくなるし、若返っても困りはしないね。皺もなくなって、肌の調子も絶好調だし」

これに女性達は軒並み同意した。男性達も体力が戻って喜んでいる者ばかりだ。

タクマは、この場は円満に収まって、ひとまずホッとした。

最後に、家族の意見を代表するようにアークスが言う。

「タクマ様、少し驚きはしましたが、私達は全く気にしておりませんよ。それよりも早くトーランに戻り、コラル様達にご報告ください。先ほどの話によれば、コラル様やザイン様も若返っている可能性があるというではないですか」

アークスの言う通り、速やかに確かめるべきだ。

タクマは出かける事に決め、出発前にみんなに注意を促す。

「若返った事が噂になれば、危険な目に遭うかもしれない。みんなは、詳しい事が分かるまで、念のため湖畔から出ずにいてくれ」

タクマは家族全員にもう一度謝罪と感謝をすると、早速トーランへ跳ぼうとした。

その時、夕夏に抱かれたユキが、タクマに手を伸ばして声をあげた。

「あうー！　だいー！」

「……ユキ、一緒に行きたいのか？」

タクマは夕夏からユキを受け取った。

自分が出かける事にまた不安を感じたのだろうか。そう考えて、タクマはユキの顔を見る。

「だうー。あい！」

無邪気に返事をするユキに、タクマは苦笑を浮かべる。

「そうか……じゃあ、一緒に行くか。でも、大人しくしていてくれよ」

言葉が理解できるとは思わないが、タクマはそう言いつつユキの頭を撫でる。

キャッキャとはしゃぐユキをしっかり抱き、タクマは夕夏に尋ねる。

「夕夏。あとは頼めるか？」

「ええ、まだ安心はできないから、みんなの様子に注意しておくわ。タクマ、ユキ、気を付けていってらっしゃい」

タクマはこの場をアークスと夕夏に任せ、空間跳躍でトーランのコラル邸へ跳んだ。

コラル邸の庭には、使用人が立って待っていた。必ずタクマがやって来るから、連れてくるようにと命じられていたそうだ。

コラルの応接室に向かう途中で、使用人がタクマに耳打ちする。

「タクマ様、驚かないでくださいね。コラル様は、その……普段とは少し、見た目が変わられていますので」

やはり大口真神の予測が当たっていた。

タクマはそう感じつつ、歩きながら答える。

「大丈夫だ。俺の用件はそれに関する事だから」

使用人は少し安心したような表情を浮かべた。

応接室に着いたところで、使用人が扉をノックし、タクマの来訪を告げる。

「……入ってくれ」

返ってきたコラルの声は、普段より若々しく聞こえた。

タクマが中へ入ると、コラルがタクマの方を向いて椅子に腰かけていた。

タクマはコラルの姿を見て、思わず声をあげる。

「これは……随分と若々しくなられましたね……」

コラルは困ったように苦笑を浮かべる。

「言わんでくれ。私自身困惑しているのだからな。君が来たという事は、私がこの姿になった理由を説明してくれるのだろう？」

「ええ、もちろんです。そのために伺いました」

タクマが、向かい側のソファに腰かけると、コラルが尋ねる。

「で？　これはいったいどういう事なのだ？　心身ともに若返って、活力がみなぎっている。今なら何日でも徹夜で働けそうだぞ」

おどけた様子のコラルに、タクマは頭が上がらない。何しろ事態の一因はタクマにもあるのだ。

タクマは申し訳なさそうに告げる。

「早速ですが、説明させてください。この若返りは俺のせいでもありますし、ヴェルド様のせいでもあるようなのです……」

コラルはタクマの説明に、じっと耳を傾けた。

全てを聞き終えると、考え込みながら言う。

「なるほどな、君と関わりの深い者に変化が起きたのか……」

「はい。なので、ザイン様も若返っている可能性があります。お会いできますでしょうか」

タクマの頼みに、コラルは快く応じた。コラルの命令で、使用人がザインを呼びに向かう。

こうしてタクマは、このままザインにも事情を話す事になった。

14　ユーミの異変

ザインを待つ間、コラルはユキを抱っこして、一緒に遊び始める。

「おお！　ユキは元気に育っているな。成長すれば、ますます快活《かいかつ》になるだろう」

「だいー！」

コラルは普段の真面目さからは想像できないくらい、幸せそうに笑っている。

元気なユキは、コラルの顔を思いきり叩いたり、髪の毛を引っ張ったりした。

それでも、コラルは笑顔を絶やさない。

初めて見るコラルの一面に驚きながら、タクマは遠巻きに二人を見守る。

「コラル様は、意外にも子供好きだったのか……しかもすごく手馴《てな》れてるし……」

タクマがつい呟くと、聞こえてしまったのだろう。コラルがタクマを見る。

「元々子供は大好きだぞ！　自分の息子は教育できなかったダメ親ではあるがな……しかし、こうしてユキを見ていると、思わず子供が欲しくなってしまうな。うぷ、ふぁあ、ウフィ」

「だう！　あー！」

ユキがコラルの口に手を突っ込んだせいで、彼の台詞の最後は言葉になっていなかった。

かつて息子が罪を犯し、コラルは自ら彼を死罪に処した。先ほど口にした教育できなかったというのは、それを踏まえての事だ。

ユキがもっと相手をしろとコラルにアピールすると、コラルはユキの手を口から抜き出し、怒りもせずに彼女に笑みを向ける。

「おお、すまんすまん。ちゃんと気を入れて遊ばないといかんな」

「だうー。あい！」

ユキはますますご機嫌な様子だ。

コラルも同じくらい楽しそうに遊び続ける。

ユキは体力があり余っている。いつも彼女の世話をしているタクマの感覚では、満足するまでにしばらく時間がかかるだろう。その間はコラルと落ち着いて会話するのは無理だと判断して、タクマは二人の様子を眺め続ける事にした。

ほのぼのとした空気の中、ふいに扉をノックする音が響いた。

ユキに夢中なコラルに代わって、タクマが扉を開ける。

「タクマ殿!?」

ドアの向こうにはパミル王国の宰相、ザインがいた。彼の年若い妻である、ユーミも一緒だ。

「なぜタクマ殿がここに……えっ……!?」

ザインはそう言うと、続けて部屋の中を見て、更に目を丸くする。

無心にユキとじゃれ合うコラルの姿に、ザインは開いた口が塞がらない様子だ。

タクマはコラルのもとへ行き、小声で告げる。

「コラル様、ザイン様とユーミ様がおいでです。そろそろ……」

タクマがユキを抱き上げると、ユキは大人しくタクマの腕の中に収まる。

コラルは平静を装って立ち上がる。

「ゴホン！　ザイン殿……お恥ずかしいところをお見せした。どうぞこちらへ」

「はっはっは！　今更繕《つくろ》っても遅かろう。誰にも言わぬから気にするな」

全員が執務室のソファに座る。

ザインとユーミはコラルの対面に、タクマはコラルの隣に腰かけた。

タクマは改めて正面からザインを観察する。その姿は大幅に若返っていた。年の頃は三十代から四十代初めで、体には活力がみなぎっているように見える。

コラルが話の口火を切る。

「さて、ザイン殿。タクマ殿はこの体の変化について話しに来たのだ」

コラルがタクマに説明するよう促した途端、ザインが真剣な面持ちで口を開く。

「待ってくれ。この変化は大いに気になる。だがタクマ殿に、この件以上に大事な話があるのだ」

「大事な話……ではそちらを先に伺いましょう。タクマ殿もそれでいいか？」

「ええ、もちろん」

コラルとタクマは面食らいながらも了承した。しかし二人は、若返りという超常的な現象より大事な話というのが何なのか、見当もつかない。

ザインは躊躇《ためら》いがちに告げる。

「すまんな……実は、ここ数日ユーミの体調が優れん。教会で回復魔法をかけてもらっても、一向に良くならんのだ」

商業ギルドの鑑定士にも見てもらったが、異常なしと出たそうだ。

ザインはユーミの不調の理由を突き止められず、心配で仕方ないと言う。

コラルが気の毒そうに話す。

「なるほど、異常がないのに体調が優れないと……それは放っておけませんね。タクマ殿の力を借りてはいかがでしょう」

ザインは頷きを返す。

「うむ。タクマ殿の鑑定は神に与えられたもの。おそらくどんな鑑定士よりも正確に見られるだろう。若返りという異常事態の最中にすまないのだが……」

王都が邪神に襲われた時、タクマはパミルとザインの鑑定を行った。そして二人が呪いを受けている事を見事に明らかにした経緯がある。

ザインは申し訳なさそうにタクマに頭を下げて言う。

「ユーミを鑑定してもらえぬだろうか？　もちろん礼はする」

ザインの傍らで、辛そうにしているユーミも頭を下げる。

「お願いします……」

タクマは慌てて言う。

「頭を上げてください。礼なんていりませんよ。お辛いでしょうから、すぐに見させていただきます」

タクマは使用人にユキを預かってもらい、ナビを呼び出した。

それから、ユーミにどんな症状があるか尋ねる。

ユーミはぐったりしながらも、自分の不調を説明する。

「熱はないのですが、とてもだるいです。それと肌が荒れ、吹き出物があります……あとは、突然眠気が襲ってくるのです。いくら眠ってもまだ眠れるほどです。それと、お腹も空きます……」

その症状を聞き、タクマは風邪の類《たぐい》だと思った。

しかし、眠気や空腹といった症状があるので違うのではないかとナビは言う。

（マスター、ＰＣで調べてみては？　地球とこの世界では体に多少の違いがあるかもしれませんが、似た病気が見つかるかもしれません）

タクマの鑑定は強力なので、体力の衰えたユーミに使用するのは危険だ。ナビにそう意見されて、タクマももっともだと感じる。

（確かに……じゃあ、先にＰＣで検索してみるか。そのあとで鑑定すれば、ユーミ様の体への影響

も少ないだろう）

タクマがすぐに鑑定をしないので、ザインは首を傾げる。

「タクマ殿？　何を躊躇《ちゅうちょ》しているのだ？」

「いえ、先に少し調べたいのですが、よろしいですか？」

ザインが了承したのを確認すると、タクマはアイテムボックスからノートＰＣを取り出した。そして、症状を打ち込んで検索をかけると、結果が表示された。

それを見て、タクマは笑みを浮かべる。

タクマの妙な反応を見て、ザインはやきもきしながら尋ねる。

「なぜ笑うのだ？　調べて何か分かったのか？」

「そうですね……結果を言う前に、ユーミ様に確認したい事があります。立ち入った事をお聞きするので、女性の使用人を呼んでいただけますか？」

タクマの言葉を受けて、コラルが女性の使用人を呼ぶ。

タクマはペンとノートを取り出し、紙のノートにユーミへの質問を書いていく。書き終えると、使用人に告げる。

「俺達は少し席を外す。その間にここに書いてある内容をユーミ様に聞き、答えを記録してくれ」

「分かりました。ご指示通りに」

女性の使用人がノートを受け取ったところで、タクマはザインとコラルを連れて応接室を出た。

「お、おい。なぜ席を外す？」

ザインはユーミを残すのが心配で、タクマに抗議した。

「そうだ。私達が同席していてもいいだろう？」

結局は知るのだからいいではないかと、コラルもごねた。

しかしタクマは、首を横に振って言う。

「男の俺が先ほどの質問を直接するのは失礼にあたります。だから女性の使用人に頼んだんですよ。それに男性がいると答えづらい内容です。答えも、まずは俺だけに確認させてください」

二人は不服そうながらも了承した。

それから執務室に入って待機していると、応接室に残しておいたナビから念話が届く。

(マスター。質問が終わりました。あとは鑑定で確認すればはっきりします)

(分かった。今から戻る)

三人はすぐに応接室へ向かう。

中に入ると、ソファに座ったユーミが頬を赤くしていた。

女性の使用人はノートをタクマに渡して部屋を出ていった。

タクマは、記入された質問の答えを自分だけで確認し、呟く。

「……やっぱりか」

「タ、タクマ殿……それで、どうなのだ!?　いったいなんの病気なのだ!?」

ザインは不安でたまらないといった様子で、切羽詰まった声で尋ねる。

タクマは笑みを浮かべながら答える。

「ザイン様、心配しないでください。おそらく、病気はありません」

そして今度は、ユーミに声をかける。

「ユーミ様、最後に鑑定ではっきりさせます。もし体調が悪くなったら、すぐに言ってください」

「はい、お願します」

ユーミはそう答えて目を瞑《つむ》る。

タクマは万一の事がないよう、細心の注意を払いながら鑑定した。鑑定する場所も、ユーミの体力を考え、必要最低限に留める。

――結果は、予想通りのものだった。

タクマはザインに向き直って口を開く。

「おめでとうございます。ご懐妊《かいにん》されていますよ」

タクマの言葉に、ザインは硬直して動かなくなる。

ユーミは涙を零《こぼ》し、手で口を押さえて呟く。

「う、嘘……」

「本当ですよ。鑑定にもはっきり出ています」

タクマの言葉を聞くと、ユーミは両手で顔を覆い、泣き出してしまった。

「ザイン殿！　おめでとう！　なんと素晴らしい場面に立ち会ったのだ！」

ザインは興奮したコラルに肩を叩かれ、ようやく我に返る。

「なんと……子供が………」

ザインは感動のあまり、それ以上言葉が出てこなかった。

ユーミは過去に双子の女の子、シーナとルーミを出産している。そんな彼女が今回の妊娠に気が付かなかったのが、タクマには不思議だった。

ユーミによると、双子の娘の時は全く症状が出ず、お腹が大きくなってからようやく分かったという。

症状が出るかは個人差があるらしいし、そんなものなのかな……とタクマは納得する。

タクマとコラルはザイン夫妻に祝福の言葉をかけ、あとは二人だけにしてやろうと、早々に部屋をあとにした。

退出する際にタクマが部屋の中を振り返ると、ザインとユーミが抱き合い、喜びを分かち合っている姿が見えた。


タクマは使用人に預けていたユキを抱っこすると、再び執務室へ戻る。

コラルはずっと笑顔で「めでたい、めでたい」と繰り返している。

「まさかおめでたとはな……本当に喜ばしい限りだ」

「ユーミ様はまだお世継ぎに恵まれず、肩身の狭い思いをされたと聞いています。しかし、これで解放されるかもしれませんね」

「ああいう場面を見ると、ついうらやましく感じるものだ」

コラルがどこか遠い目をして言った。ザイン達の幸せそうな様子を見て、何か感じるところがあったようだ。

「コラル様……再婚などは考えないのですか？」

タクマが思いきって尋ねると、コラルは自虐的に答える。

「こんなジジイに嫁ぐ女性がいるものか」

しかしタクマは真面目な顔で話を続ける。

「以前はそうだったかもしれませんが、今は肉体のピークまで若返っているじゃないですか。だったら、もう一度家族を持ってみてもいいのでは？」

タクマの言葉に、コラルはハッとした顔を見せた。

息子の事件に関わったタクマが、そう提案したのに驚いたようだ。

「まさかタクマ殿の口からそんな言葉を聞けるとは……息子の事件以来、家族を設けるなどすぎた望みと、頭から遠ざけていたのだが……そうか、そうかもしれんな」

コラルを励ますように、タクマは深く頷く。

こうして使用人が呼びに来るまで、タクマとコラルはこれからの未来について語り合った。

15　若返りの条件

「いや、恥ずかしいところをお見せした……」

年甲斐もなく取り乱してしまったと、ザインは頭《こうべ》を垂れている。

「お気になさらず。跡取りが産まれる可能性が出てきたのですから、当然の事です」

きまり悪そうなザインに、コラルが言う。

ザインが気を取り直したように口を開く。

「タクマ殿とお会いでき、ついユーミの事を優先させてしまった。すまない。しかし今日の本題は、我々の変化についてだったな」

ザインも自身の変化の原因が気にかかっていたという。

彼は苦笑しつつ、今朝の出来事を話す。

「ユーミには驚かれたよ。何せ寝る前には老いた姿だった夫が、起きたら若返っていたのだからな」

そこでタクマは、大口真神から伝えられた推測をザインに全て話した。

ザインはなんとか事態を呑み込めたようだ。

タクマは頭を下げ、改めて二人に詫びる。

しかしザインとコラルは大声で笑う。

「律儀だな。タクマ殿が悪意を持ってやったわけではないだろう。なあコラルよ」

「そうですな。変化が急激で驚いたのは確かです。しかし、若返りの利点を考えれば大した問題ではありません」

実は二人とも、近頃体の衰《おとろ》えを感じていたのだという。思うように動けずに口惜しく思っていたが、それは若返りによって解消された。おかげで、これからも国の発展に尽力できる。二人はそう言って誇らしげな表情を見せた。

二人が、若返りを好意的に受け取ってくれた事にホッとしながらも、タクマは心配を口にする。

「しかし、城に行けば目立つでしょう。もしかしたら狙われる可能性も……」

不老や若返りに強い憧れを持つ者は多い。財力や権力を持つ人間が、血眼《ちまなこ》になってその方法を探したという話も残されている。突然若返りが起きた二人を見れば、その方法を知るために手段を選ばないという者も出てくるはずだ。

タクマの言葉に、二人もその可能性を認める。

ザインは深く考えながら言う。

「確かにな……しかし誰もがこの方法で若返るわけではない。それなのに狙われては、たまったものではないぞ。いかがだろう、タクマ殿、コラル殿。これから城へ行って王に報告し、経緯を周知してもらうというのは」

タクマに同行してもらうのは、大神真神の説明をパミルに伝えるだけでなく、道中でザインとコラルを守る役割もあった。

タクマはすぐに同意した。

コラルも意見に賛同してから、二人に告げる。

「分かりました。少しお待ちを。まずは王に連絡を入れてこよう」

コラルは謁見《えっけん》の約束を取りつけるために退室した。

ザインはコラルの背中を見送ると、緊迫した様子でタクマに尋ねる。

「ところで、タクマ殿。若返りの条件は神の力を浴び、かつ、君と縁が深い者だな？」

「ええ、そうです……ザイン様は、王家の方にも若返りの可能性があるとお考えでしょうか」

タクマの言葉に、ザインは苦々しい顔で頷く。

結婚式には、国王であるパミルや王家の人々も参列していた。その日のうちに帰ったとはいえ、神の力は浴びている。

実はタクマも、ザインと同じ点が気がかりだった。

「ちなみに、ザイン様やコラル様へ、パミル様からの連絡は……」

「今のところない。だが、パミル様も一国の王。ある程度のトラブルは回避、または解決できる能力はお持ちだ」

タクマはつい無言になった。

普段のパミルは、王にしてはおっちょこちょいな面があり、残念な事態を引き起こす事が多い。

タクマはザインの言葉に、あまり説得力を感じられなかった。

タクマの表情からそれを悟ったのだろう。ザインは苦笑いを浮かべながら続ける。

「気持ちは分からんでもない。だが、真剣に国の仕事をしている時はできる方なのだ……とりあえずここで王家の事を予測していても埒《らち》が明かん。コラルが戻ったらすぐ出発しよう」

コラルを待つ間、ザインは自分の変化について話した。

見た目が若返り、体力も筋力も最盛期であった二十代後半頃に戻ったような感覚だそうだ。

「国の振興計画の中には、次世代までかかるだろうものもある。しかし、若返った今であれば、完遂まで見届けられそうだ」

そう言ったザインの表情は、自分達の手で国を成長させるのだという気概に溢れていた。

そこに、コラルが戻ってくる。

「お待たせした。三十分後に謁見の間に来てほしいそうだ」

コラルの言葉を聞き、ザインは怪訝そうに言う。

「謁見の間？　王の執務室ではなく？」

「ええ。そこに王家の方々が集まっているそうです。つまり、おそらくは……」

ザインはこめかみを押さえ、コラルの言葉を遮る。

「参列者だった王と王妃達にも影響が出たのだな」

「本日の謁見は中止としたと聞きました……その可能性は大きいかと」

タクマ達は、はやる気持ちを抑えて時間まで待ち、その時間が来るとすぐに王城の謁見の間に跳んだ。

三人がやって来ると、そこにはパミル王と、二人の王妃が待っていた。

コラル達とパミル達はお互いの姿を見て言葉を失う。

パミルは四十代前半、第一王妃のトリス、第二王妃のスージーは二十代前半まで若返っているようだ。

タクマは不思議に思い、考えを巡らす。

（どういう事だ？　式で神の力を浴びた時間は、パミル王も王妃達も変わらないはず……なのに若返りの程度に違いが出ている。やはり、大口真神様が推測された通りみたいだ。半戦神《はんせんしん》である俺と親《ちか》しい者——つまり、湖畔などで長い時間をともに過ごした人に、より大きな影響が出ている）

若返った者たちは徐々にお互いの姿に見慣れ、落ち着きを取り戻した。

コラルが、じっとしているタクマに話しかける。

「タクマ殿、どうしたのだ？」

タクマがハッと顔を上げると、みんなが心配そうにタクマを見る。

「すみません。ちょっと考え事をしていただけです」

「では、早速話を始めよう」

パミルに促され、全員がソファに腰かけた。

これから話し合う内容は重大な機密だ。タクマは声が外に漏れなくなる魔法――遮音《しゃおん》を部屋全体に施す。

しばらくして、パミルが口を開く。

「タクマ殿ら三人は、この現象について報告するため、そして我らの安否《あんぴ》を確認するために来たのだろう？」

三人が頷くと、パミルは話を続ける。

「我々の変化については見ての通りだ。ただ、君達が来る前に、このような事態が起きる覚悟はできていた。もちろん、対処法も考えてある」

それからパミルは、自分の身に起きたある出来事を語り始めた――

◇　◇　◇

タクマの結婚式から戻った夜の事――パミルは城の自室で眠っていたはずだった。

それが、いつの間にか周りに何もない、真っ白な空間の中に立っている。

「……どういう事だ？　誰か！　誰かいないか！」

パミルは周囲を見渡しながら、使用人を呼ぶ。しかし、自分の声が響くだけで反応はない。パミルは警戒しつつ、周囲の様子を探った。

すると突然、見覚えのある女性が目の前に現れる。

「な！　な、な、な、なぜあなた様がここに！」

パミルは思わず声をあげた。

「それは、私があなたをここへ呼んだからですよ」

微笑みながら言ったその女性は、多くの信仰を集める女神、ヴェルドだった。

慌てて跪《ひざまず》くパミルに、ヴェルドは優しく声をかける。

「ここでは格式ばらずとも構いません。さあ、顔を上げてこちらへ。大事な話があります」

パミルが立ち上がると、いつの間にかきれいなテーブルセットが出現していた。

パミルはヴェルドに促され、恐る恐る席に着く。

ヴェルドは二人分のお茶を用意し、話し始める。

「あなたをここへ呼んだのは、頼みたい事があるからです」

ヴェルドは、結婚式での祝福によってトーランが聖域となった事、それによってトーランは神の加護を受け、恵まれた土地になると伝えた。

テーブルにぶつかりそうな勢いで頭を下げ、畏《かしこ》まるパミルに、ヴェルドは優雅に微笑む。

ちなみにヴェルドはこの時点で、聖域化について大口真神からこってりとお説教を食らっていた。

パミルに話しているのも、大口真神の助言があってこそだ。

ヴェルドは自身のそんな残念っぷりを隠ぺいしつつ、パミルと話を続ける。

「しかし、良い事ばかりではありません。豊かな土地があれば、その土地を有する国ごと狙われるのは必定《ひつじょう》。私はこれから各国の支配者に、国も聖域も侵さぬよう神託を与えていきます。ですが、それが守られる保証はありません」

ヴェルドは申し訳なさそうな顔をすると、一息吐いて告げた。

「だからこそ、あなたにお願いがあります。タクマさんと親しいあなたには、様々な面で彼の後ろ盾となり、支えてほしいのです。彼には大きな力があります。タクマさんを守る事が国を守る事にも繋がるはずです」

神さえもタクマを頼みにしている。その事に驚きながらも、パミルは言う。

「彼の後ろ盾になるのに、異論はありません。今までも我が国は彼によって救われてきました。私の力が及ぶ範囲であれば、できる限り手助けします。聖域化したトーランについても、初めからタクマ殿に頼るのは避け、国をあげて保護していきます」

パミルが力強く約束したので、ヴェルドは安心した表情を浮かべる。

「ありがとうございます……そして、ここからが本題です。今回の聖域化により、あなた達王族や臣下に、ある変化が起きる可能性があります……」

ヴェルドは大口真神の予測をパミルに伝えた。

若返りの話を聞いて、パミルは驚く。

「本当にそんな事が起こるのですか……!?　まさか、トーラン全土でも同じように……」

「いえ、トーランの民への影響は、些細なものに留まります。見た目が大きく若返るような事態は起きません」

それからヴェルドはタクマの力にも言及した。タクマは神に連なる種族であり、自覚はないながら、身近な者に加護を与えていると話す。

「その加護が聖域化と絡んだために、タクマさんと一緒に長く時間を過ごした者ほど大きな変化が起きるかもしれないのです。あなたを含む王族、宰相ザイン、領主コラルなどの人々には、若返りが起きる可能性が十分にあります」

パミルは長い間、無言で考え込む。そして、ようやく口を開いた。

「ヴェルド様。もし我ら王族が若返れば、いつまでも隠しきるのは不可能です。容姿の偽装くらいはできるでしょうが、隠し通せない場面が出てきます。そうなれば、どこから秘密が漏れるか分かりません。世の中には、若返るためならどんな手段も惜しまない者もいるでしょう。そういう者が若返りが起きたと知って暴走すれば……どれほど危険な事態となるか分かりません」

パミルはため息を吐き、話を続ける。

「若返った者を襲い、秘密を暴《あば》こうとする者も出るでしょう。そして若返りの原因がタクマ殿の加護と今も聖域に残っている神の力だと知られれば、力ずくで利用するために、国や聖域を狙ったり、タクマ殿や彼の家族に危害を加えたりする事も考えられます」

その意見はヴェルドも納得せざるを得ないものだった。彼女は難しい顔で尋ねる。

「あなたの言う事はもっともです……しかし、何か策はないのでしょうか」

パミルは笑みを浮かべて言う。

「私はタクマ殿に協力してもらい、若返りの理由を大々的にでっち上げようと思います。若返りを狙う者達も、諦めざるを得ないような理由にするのです」

パミルはヴェルド達の暴走にも負けないくらい、荒唐無稽《こうとうむけい》な計画を論じ始めた。

「パミル王国には未踏破《みとうは》のダンジョンがいくつかあり、その中にはタクマ殿と同郷の転移者が造ったものがありました。そういったダンジョンは危険な遺物《いぶつ》や禁術《きんじゅつ》が残されている可能性が高いので、一部を既にタクマ殿に譲渡してあります」

ヴェルドは頷きながら、パミルに続きを促す。

「それらのダンジョンは立ち入り禁止となりましたが、タクマ殿は多忙の身です。ずっと放置したままで、おそらく一度も行っていないでしょう」

しかし危険なダンジョンを放置するわけにもいかないので、王国はダンジョン周囲に軍の部隊を派遣し、監視していた。

すると最近になって、部隊からパミルへ報告があった。

「軍の部隊によると、ダンジョンの一つに暴走の兆候《ちょうこう》があるというのです」

ダンジョンは放っておくと、中の魔力濃度が上がる。生息するモンスターが強くなるうえに、爆発的にその数を増やしてしまうのだ。モンスターがダンジョンの外に溢れ出し、周囲の土地や民へ危害を及ぼす事もある。

手をこまねているわけにもいかないので、王国は冒険者ギルドにダンジョン探索の依頼をかけた。しかし一層から強力なモンスターがおり、それ以上進む事すら不可能だった。

「今は兆候があるだけですが、このままでは近いうちにモンスターが溢れ出てくるでしょう。そこで、Sランク冒険者でもあるタクマ殿に、王国の依頼を受けてもらおうと思うのです」

パミルがそこまで言うと、ヴェルドにも話が見えてきた。

「つまり、こういう事でしょうか。タクマ殿がダンジョンを攻略し、最深部まで踏破する。そして最初の踏破者のみが入手できる宝が、若返りに関するアイテムだったと主張してもらうと」

「その通りです。タクマ殿がそのアイテムを彼の家族や、コラル、ザインに使用し、若返りが起きてしまったという事にするのです」

パミルはその先の筋書きも説明していく。

「タクマ殿にはその後、アイテムの効果を報告するという体《てい》で、私のもとへ謁見に訪れてもらいます。それまで私と妻達は、姿を偽装しておきます。そして謁見の最中、衆人環視《しゅうじんかんし》の中でアイテムを使用し、あたかもそれが原因で若返ったように芝居を打つのです。これなら、聖域化の力もタクマ殿の力も、若返りには無関係と装えるでしょう。しかもアイテムはダンジョン最初の踏破者にしか手に入らず、私と妻達に使って枯渇したと周知すれば、いくら使いたくても諦めるほかありません」

ヴェルドはパミルの計画を興味深そうに聞いていた。確かに成功すれば、本当の若返りの理由を知られるのに比べ、様々な危険を減らす事ができるだろう。

パミルは更に続ける。

「計画の実行には、準備すべきものがあります。ヴェルド様は、その用意にご協力いただけないでしょうか」

パミルが挙げたのは、次のようなものだった。

「謁見が行われるまでは、若返った者達の姿を偽装するアイテムが必要です。加えてタクマ殿がダンジョンで入手する若返りアイテムがいります。若返りアイテムについては、信憑性《しんぴょうせい》が出るように謁見中に鑑定を行うべきだと考えています。無茶を承知で申しますが、本物だと示せるものを作っていただきたいのです……」

ヴェルドは頷くと、告げる。

「分かりました。では、まず本物の若返りアイテムを作ります。次にそれを元にして偽物の若返りアイテムを作り、鑑定しても本物の若返りアイテムと同じ内容が表示されるようにします。計画に使うのは、偽物の若返りアイテムだけでいいでしょう」

パミルはヴェルドの言葉に目を輝かせた。

しかしヴェルドには、他にも気になる部分がある。

一つは、使用人達だ。王族の傍らで一日中世話をしている彼らに、若返りを隠し続けるのは難しいだろう。

もう一つは、計画の協力者についてだ。王として日々の政務をこなすパミルが、この計画を実行するのは難しい。計画を完全に秘匿《ひとく》し、かつ、秘密裏《ひみつり》に準備を進める人間が必要となる。

ヴェルドが指摘すると、パミルは考えがあると言う。

「使用人には、契約書に基づく箝口令《かんこうれい》を敷きます。計画の準備から仕かけまでは、宰相のノートンに任せるつもりです。頭が切れ、口も堅い男です。加えて、彼とも契約書を交わします。契約に違反した場合に重い罰を設けておけば、計画に問題はなく進められるでしょう」

パミルの説明を聞き、ヴェルドは納得する。

「確かに、この計画ならタクマさんのダンジョン攻略に違和感がありません。重い罰則つきの契約書があれば、秘密が漏れる事もないでしょう……残りは若返った人々の姿を偽装するアイテムですね。これはタクマさんに頼めば、すぐ解決するはずです」

こうして、若返りの真実を隠す計画が練り上がった。

ヴェルドが抱いていたパミルの印象は、計画を聞くうちに大きく変わっていた。

今までは国王でありながら、タクマの前で残念な振舞いばかりする印象が強かった。しかし、実際はなかなかに頭が切れるとヴェルドは感じていた。若返りの話を聞いただけで、ここまでの計画を立てられるのだから……

ヴェルドは微笑みを浮かべ、パミルに語りかけた。

「パミル王、あなたの尽力に感謝します。これならたとえ若返りが起きても、上手く乗り切れるかもしれません。あとはトーランの民の変化についてですが……」

「この計画が成功すれば、おそらく問題ないでしょう。お話によれば、民の変化は些細なものとか。ならば若返りのアイテムや、私と妻達の若返りの話題に埋もれ、気に留められないはずです」

パミルは若返りの理由をでっちあげるだけでなく、自身を盾にして、トーランの変化が目立たないようにするつもりなのだ。

ヴェルドはパミルの考え深さに驚くのと同時に、深く安堵する。

「王と王妃が若返ったとなれば、注目の的でしょうね……見事な計画です」

◇　◇　◇

「――という内容を、ヴェルド様と会談したのだ！」

パミルは興奮気味にタクマ、ザイン、コラルに語った。

タクマはパミルのテンションの高さに少し引きつつも、尋ねる。

「簡単に言うと、若返りをアイテムのせいにするのですね？」

「うむ。若返りに聖域化や君の力が関与していると分かれば、欲望に塗《まみ》れた連中が暴走し、危害を及ぼしかねん。だから、若返りは特定の条件を満たせば可能といったものではなく、有限なアイテムによって引き起こされたと欺くのだ」

確かに、パミルの計画に問題はなさそうだとタクマは思った。

しかし、彼には別の心配がある。

王国の依頼でダンジョンを踏破し、しかも若返りアイテムを手に入れたとなれば、タクマには更に注目が集まるはずだ。そして、家族の若返りにも目を向けられるだろう。家族が厄介事に巻き込まれるのは避けたかった。

不安げなタクマを見て、コラルが言う。

「タクマ殿は特殊な存在だ。これ以上派手な行動をして、人目を引きたくないという考えは分かる。しかし、もう無理があるのではないか？　トーランでは既に英雄扱いされ、君を知らぬ者はいないくらいだ」

「ええ……確かに……」

タクマは孤児院を運営したり、邪神から王都を守ったり、トーランを発展させたりしてきた。その功績は、王国中に知れ渡っている。

そこで、コラルがタクマに提案する。

「どうだろう、タクマ殿の武力を示すのに良い機会ではないか？」

タクマの恐ろしさは、パミルをはじめとして王国の権力者に理解されているが、他国に知れ渡るほどではない。他国からも注目されるであろうこの計画で力を知らしめれば、結果として、タクマやその周辺に手を出そうなどという者はいなくなり、家族達の安全も高まるはずだ。

ザインが心配そうにパミルに語りかける。

「しかし、パミル様は随分思いきった決断をしますな。この計画を実行すれば、あなたが他国に狙われる可能性もあるのですよ？　本当にそれを理解されていますか？」

ザインの言う通り、若返りアイテムが枯渇したと周知しても、若返った人間の体からその製法を調べようとする者もいるだろう。

若返った者のうち、パミル以外の人間なら逃亡したり姿を隠したりする事もできる。しかし王であるパミルにそれは不可能だ。

「確かにそうだ。だがな、我が王国はタクマ殿に幾度も救われてきた。返しきれない恩があるのだ。私が矢面《やおもて》に立つ事でタクマ殿やご家族の危険が減るなら、躊躇《ためら》いなく矢面に立たせてもらうぞ。それに……我が国の武力も捨てたものではあるまい」

パミルはそう言って、コラルとザインに目配せした。王妃達も頷き、パミルの意見に賛同する。

タクマは、パミルの言葉に感動を覚える。

（まさか、俺達の事をそこまで考えてくれているとは……）

すると、タクマの中にいるナビが声をあげる。

（マスター、ここは計画に乗ってはいかがでしょう。彼の目は本気です。心からマスターを気にかけてくれている人を、放ってはおけません）

ナビの助言もあり、タクマは決意する。

「分かりました。パミル様の計画に参加させてください。ですが、一つ提案があります」

それは、パミルが矢面に立つ代わりに、王都の防衛に力を貸すというものだった。

今まで国とは一線を引いてきたタクマにとって、これは大きな転機だ。タクマが王都に協力するのは、パミル王国への肩入れを意味する。

タクマは人間離れした力を持っている。だからこそ、今まで安易に国に協力はしなかった。

しかし王国から湖畔の土地を賜って生活してきた事で、王国で関わりを持った人々のために力を貸したいという気持ちが芽生えていた。

そしてパミルの覚悟を目の当たりにし、その思いは決定的なものになった。

パミルがぽかんと口を開けて尋ねる。

「……いいのか？」

コラル、ザインも、驚きを隠せないでいた。

タクマはきっぱりと告げる。

「ええ、俺もこの国の住人ですから」

「そうか……君がそう言ってくれるならば、この国は安泰だな」

パミルは早速、タクマに尋ねる。

「ところでタクマ殿、偽装アイテムについてはいつ頃用意できるだろうか？　ヴェルド様から君を頼れと言われたのだが」

タクマはこの場で用意すると伝え、ＰＣを取り出して起動させる。

【魔力量】：∞
【カート内】
・偽装用幻術具（ネックレス）　×5　：1250万
【合計】：1250万

「今回は見た目の偽装だけだから、幻術とかで分からなくする感じでいいだろう……」

小声で呟きながら決済を行い、テーブルに並べて鑑定する。


『偽装用幻術具（ネックレス）』

装着者の見た目を幻術魔法で変更する。

見た目の設定は、装着者本人が任意で設定できる。

声なども年齢に応じて変わって聞こえる。

タクマは、パミル、二人の王妃、ザイン、コラルの五人にネックレスを手渡しつつ説明する。

「装着した後、頭の中で声が聞こえます。それに従えば見た目の年齢を操作できるはずです」

五人はすぐにネックレスを身につける。全員の姿が一瞬にして、若返り前の姿へ戻った。

「どうだ？」

パミルは、部屋には鏡がなかったので、タクマに尋ねた。

「問題ありません。以前の姿に見えていますよ」

それからパミルはタクマに遮音の魔法を解除させ、使用人を呼ぶ。そして王国のもう一人の宰相、ノートンを連れてくるよう伝えた。

ノートンがやって来たのと同時に、タクマは再び遮音の魔法をかける。

「呼ぶのであれば、初めから呼んでもらいたいものです」

ノートンは不機嫌を露《あらわ》わにして言う。彼は主だった人物が集められた話し合いから、のけ者にされたと感じていた。

「これからお前にも全て話すから、そう怒るな」

パミルは笑みを浮かべ、素直に謝る。

「この話はここにいる我らしか知らぬ事だ。まずは、我をよく見ているのだ。慎重にならざるを得なかったと、お前も理解してくれるだろう」

そう言いながら、パミルはネックレスを外す。すると、瞬時に若返った姿となった。

ノートンはしばらく唖然としていたが、ようやく口を開く。

「は？　パミル様……ですよね？」

パミルに続き、二人の王妃、コラル、ザインもネックレスを外し、若返った姿を見せた。

「皆さんまで……いったいこれはどういう事です！」

混乱するノートンに、パミルは若返りが起きた経緯を説明する。

「——というわけで、見た目をごまかせるアイテムが手に入るまで、宰相であるお前にさえ言えなかったのだ」

「事情は呑み込めましたが……それで？　私は箝口令の書類を用意すればいいのですか？」

「それも早急に必要だが、他にも協力してもらいたい件がある」

次にパミルが話したのは、謁見中に大衆の前で若返ったように見せる計画だ。

それを聞きながら、ノートンはどんどん不機嫌になっていった。特に王家の者が進んで標的となるのに強く反対した。

しかし、パミルから、今後タクマが王都を防衛してくれるようになると聞いて、ノートンの態度が多少軟化する。

王都はトーランと違い、ダンジョンコアに守られているわけでも、聖域になっているわけでもない。国の王が住まう都でありながら、あまり安全ではなかったのだ。

「タクマ殿。王都の防衛といっても、具体的には何をされるのですか？」

ノートンに尋ねられ、タクマは答える。

「魔石を原動力に、結界を張れる魔道具があります。悪意のある者を排除できるので、これを使おうかと。今までは王都の孤児院だけで利用していたのですが、城にも設置し、王都全体を守れるようにします」

「すぐに設置いただけるものなのですか？」

「もちろん。俺がダンジョン攻略を終えてからにはなりますが、速やかに設置します」

それを聞いて安心し、ノートンは計画に賛同した。彼は早速、計画の詳細について詰めていく。

「計画を成功させるには、できるだけ多くの者に若返りを目撃させるべきです。それが身分のある者なら、若返りアイテムの信憑性も高まるでしょう。よって謁見には、貴族達を王都に呼び寄せます。タクマ殿がダンジョンを踏破するまでには、どれくらいの時間が？」

「明日にはダンジョンに向かいます。謁見の前に若返りに気付く者が出てはまずいので、一刻も早く、本気で攻略します」

そう言ったタクマには迫力があった。明日ダンジョンに入ると言うが、数日で戻ってくる可能性さえありそうだ。

そのように感じたノートンは急いで立ち上がり、パミルに告げる。

「パミル様、私は緘口令や契約に取りかかります。それに、タクマ殿の攻略に間に合うよう貴族達を集めなければなりません。計画以外の新たな仕事はできかねますので、そのおつもりで」

「うむ。頼むぞ」

ノートンはパミルの返事を背中に受けながら、慌ただしく退室していった。

扉が閉まった途端、パミルは緊張が解けたように大きく息を吐く。

「ふー……これでどうにか計画を実行できそうだな」

ザインが笑って言う。

「ええ。これもタクマ殿のおかげですな。王都の防衛を約束したからこそ、ノートンも動く事にしたのでしょうから」

コラルが同調する。

「事態が事態とはいえ、一国の王が危険に晒されたままでいるなど、認めるわけにいきませんからな。タクマ殿のおかげで計画の遂行が現実的になったのです」

二人の言葉を聞いて、パミルはなぜか落ち込み出した。

「ふむ……我の計画だけでは甘かったという事か」

すると、ザインとコラルは口々にパミルを擁護する。

「いいえ、神すら関わる大きな問題です。このくらい大胆さが必要なのです。ご自身を危険に晒す件だけは臣下として反対しましたが、それも皆の協力で上手くいきそうではないですか」

「そうです。パミル様を守るために必要な計画だからこそ、皆奮起《ふんき》していると言えます」

不安を残していたパミルだが、二人の言葉を聞いて安堵した。

こうして計画が進み始めたのだった。

タクマはダンジョン攻略の前に、いったん自宅に戻る事を告げる。

「重大な仕事ですから、家族達に報告をしたいと思います。もちろん、決して他言はさせません」

コラルもタクマに続いて言う。

「我らも準備に取りかかります」

こうしてタクマは、コラル、ザインを連れて空間跳躍でトーランへ跳んだ。


「さて、まずはアークスに話しておくか……」

コラル、ザインと別れ、タクマは自宅に戻っていた。

タクマが、執務室の机に置かれたベルを鳴らすと、すぐに扉をノックする音が響く。

「失礼します。タクマ様、おかえりなさいませ」

やって来たアークスに、タクマはパミル達の若返りや計画の事を伝えた。

「なるほど……パミル様も随分と思いきった事をしますね。それに問題解決のためとはいえ、タクマ様が王都の守護者ですか……」

アークスは計画以上に、タクマが王都を守ると約束した事が気になっていた。

王都に集まる貴族達は海千山千《うみせんやません》で、手練手管《てれんてくだ》に長《た》けた者が多い。元々厄介事に関わりやすいタクマが、国の面倒にまで巻き込まれないか心配なのだ。

アークスの複雑な表情を見て、タクマが言う。

「今まで特定の国に肩入れするのは避けてきた。今回もあまり関わりたくないのが本音だよ。だが、若返りの問題は、俺が要因の一つだ。王家だけを危険な目に遭わせるのも気が引けてな……」

タクマの言葉に、アークスは異を唱えなかった。彼が困り事を放っておけない性格だと、よく分かっていたからだ。

「まあ、王都の守護についてはおいおい考えよう。今は若返りの問題を収束させないとな」

それからタクマは、明日にでもダンジョンへ入り、できる限り早く踏破したいと話した。

アークスは気を揉みながら口を開く。

「明日ですか……承知しました。聞けばダンジョンは暴走寸前だとか。何が起こるか分かりません。決して油断なさらないでください」

「ああ。しかも転移者のダンジョンだ。だが、とにかく時間がない。だからヴァイス達も連れて、本気で臨むつもりだ」

アークスはホッと胸を撫でおろす。

「是非そうされるのがよろしいかと。湖畔の事は私達にお任せください」

アークスと話を終え、タクマは居間に移動した。

「あ！　おとうさん！　おかえりー」

タクマが姿を見せた途端、子供達が抱き着いてきた。タクマはそれを受け止めながら周囲を見まわす。

居間には子供達だけでなく、大人も含む家族全員が揃っていた。タクマが王都へ行ったと聞き、心配して集まっていたのだ。

タクマはその事に感謝しながら、口を開く。

「みんな、ただいま。もう予想がついてるかもしれないが、ちょっと話があるんだ」

それからタクマは、王都での出来事を全て打ち明けた。

家族達は、タクマが重大な役目を果たさなければならないと知り、静まり返る。

沈黙を破ったのはカイルだった。

「そうか、お前は本当に休む暇がないな。式を挙げて、ゆっくり過ごすはずだったところにこれだ」

それをきっかけに、場の緊張がほぐれる。

大人達はカイルに同意して、苦笑いしたり、呆れたりしている。

「おとうさん、危ない所に行くの？」

「大丈夫？」

「怪我しないでね」

子供達は口々にそう言って、不安げにタクマを見上げた。

「ヴァイスやゲールや、守護獣のみんなも一緒だから大丈夫だぞ。安心して待っていてくれ」

タクマの言葉に、子供達だけでなく大人達もホッとした様子だ。

守護獣全員を連れていくなら、危険な目に遭うはずがない。それにタクマの事だ。いつも通り平気な顔で帰ってくるだろう。

大人達はタクマの事を信頼しきっており、自然にそう考えた。計画に異論を唱える者は誰もいなかった。

こうして話を終え、いつも通りみんなで夕食をとる。

そのあとは、タクマと夕夏だけが居間に残った。

夕夏はタクマをじっと見つめる。

「心配はないと思うけど……本当に気を付けてね。あなたは家族の要《かなめ》なのよ」

タクマは力強く応える。

「ヴァイス達もいる。俺も万全の態勢で臨む。留守中は子供達やみんなを頼むよ」

「分かってるわ。だから余計な心配しないで、攻略に集中してね」

タクマと夕夏は互いの無事を祈ると、軽く晩酌し、早めに寝室で休んだ。

翌朝——暗いうちに起きたタクマは、出発の準備を整えて表に出る。

見送りはいらないと家族に告げてあったため、ここにいるのはタクマと守護獣達だけだ。

「さて、久々に全員で行動だ。よろしくな！」

タクマの言葉に、ヴァイス、ゲール、ネーロ、ブラン、レウコンが次々に応える。

「アウン！（頑張って早く帰ろうね！）」

「ミアー（全員で行けばアッという間だよねー）」

「キキキ！（久々に思いっきり暴れられるかな）」

「クウ（みんなやる気満々だねー）」

「……（……敵は殲滅《せんめつ》……）」

続いて、冷静なアフダルがみんなを落ち着かせる。

「ピュイ（油断はいけません。計画をこなして、全員無事に帰るのですから）」

守護獣達はダンジョン踏破の目的を改めて心に刻み、タクマのために一生懸命働こうという決意を新たにした。

そしてタクマと守護獣達は、明るくなるまでじっくりウォーミングアップし、ダンジョン攻略に備えた。

「さあ、早速行こうか」

タクマはかけ声とともに、全員を範囲指定した。

まずはダンジョンの情報を把握するために、パミルのいる王城へ跳ぶ。

16　出発

タクマ達が謁見の間にやって来ると、既にパミルが待っていた。その傍らにはノートンの姿もある。

タクマは二人に挨拶する。

「おはようございます。朝早くすみません。ですが、できるだけ早く攻略したいので」

「いやいや、君が早く動いてくれるのはありがたいとも。ダンジョンの見張りの者によると、現時点で外に溢れているモンスターはいない。だが、時間の問題だとも聞いた」

パミルはそう言いながら、タクマにダンジョンに関する報告書を手渡す。

そこには、国が冒険者ギルドに依頼した調査結果が載っていた。

最初のフロアから強力なモンスターが多数確認され、冒険者ギルドでは対応しきれなかったようだ。ダンジョンの難易度は、Aクラスかそれ以上と記載がある。

タクマはナビに思念で尋ねる。

（ナビ。このダンジョン、報告書を見た感じではどうだ？）

（マスターとヴァイス達なら問題ないでしょう。現地では私が隅々まで検索をかけるので、狩り漏

らしもないと思います）

ナビの頼もしい言葉を聞いて、タクマは報告書をしまった。

「では、行って確認したいと思います」

危険なダンジョンに挑もうというのに、タクマの様子はいつもと変わらない。

パミルとノートンは、少し心配そうに顔を見合わせた。

それを見たタクマは、笑って言う。

「大丈夫、しっかりと最終層まで踏破します。俺にはヴァイス達がついていますから」

タクマは、静かに待機しているヴァイス達に目を向ける。

すると、パミルもノートンも納得したようだ。

「守護獣か……確かに君に加え、このメンバーで攻略に出るなら、その余裕も納得できる。だが、気を付けるのだぞ」

「ええ。無事踏破した後には、コラル様を通じてダンジョンの情報を報告します」

こうしてタクマ達が出発しようとすると、パミルが思い出したように言う。

「ああ、それから攻略前に、軍の者達にダンジョンに入る事を告げてほしい」

タクマは頷くと、ナビにフォローをしてもらい、空間跳躍でダンジョンに最も近い場所まで跳んだ。

◇　◇　◇

タクマ達がいなくなった謁見の間では、パミルとノートンが話していた。

「タクマ殿はいつも通りだったな……」

パミルの言葉に、ノートンも同意する。

「まるでちょっと散歩に行くみたいな態度でしたね。彼にそれだけの力があるからなのでしょうが……同行する守護獣達にも随分信頼を置いているようでした」

暴走寸前のダンジョンは、死を覚悟して挑むべき危険な場所だ。

タクマが強いとはいえ、さすがに緊張しているだろうと思っていた二人は、信じられない思いだった。

しばらくの間を置いて、パミルが言う。

「まあ、タクマ殿だしな……きっとまた平気な様子で帰ってくるのだろう。我らもすべき事をなし終えて、彼らを迎えなければな」

「では、私は引き続き、契約と貴族の呼び出しを進めます」

ノートンの言葉をきっかけに、二人は計画の準備へ戻っていった。

17　ダンジョン到着

「ここか……」

タクマはダンジョンのある森にやって来た。

周囲は鬱蒼《うっそう》とした木々に覆われている。日の光が届かない、薄暗い場所だ。

未知のダンジョンに挑むため、普段小さくなっているヴァイスとゲールは念のため元の大きさに戻ってもらった。

その途端、ヴァイスが告げる。

「アウン（父ちゃん、あっちに人の気配がするよー）」

「軍の人間だろうな。とりあえずそっちへ向かうか」

タクマはヴァイス達を引き連れ、気配を目指して歩いていく。パミルに言われた通り、ダンジョン攻略をする前に、軍の人間と顔を合わせておくためだ。

五分ほど進むと、軍が駐屯している場所が見えてきた。

駐屯地の周りでは、軍の男達が警備を行っている。服装が城で目にする騎士のような姿なので、パミルが派遣した部隊に間違いない。

タクマがそう思って眺めていると、向こうもタクマ達の存在に気付いた。

「動くな！　ここは立入禁止区域だ！　どうやって入ってきた⁉」

軍の男の一人が声を荒らげ、腰の剣に手をかけた。

タクマは、事を荒立てるために来たわけではないので、両手を挙げながら話しかける。

「俺はタクマ・サトウ。パミル王の依頼を受けてダンジョン攻略に来た。依頼書もある」

男達はお互いに顔を見合わせ、ざわつき始めた。

「パミル様が自ら依頼したというのか⁉」

「冒険者ギルドへの依頼さえ、さして意味がなかったではないか」

「このような状態のダンジョンに、たった一人寄越すとは……」

どうやらタクマの言葉が信じられないようだ。男達はタクマに疑いの目を向ける。

「はあ……なら今から依頼書を出すから、剣を抜くなよ」

タクマはそう言うと、アイテムボックスから書類を取り出す。それは依頼書と報告書がひとまとめになったものだった。

男の一人が剣の柄《つか》から手を離す。そしてタクマから書類を受け取ると、依頼書を抜き出して目を通す。

「た、確かに……パミル様とノートン宰相の連名の依頼書……」

そう呟くと、男は慌てた様子で姿勢を正した。

そして頭を下げて、タクマに告げる。

「先ほどの失礼な態度を謝罪します。私はこの隊を預かるロハスと申します」

他の兵士達もあたふたとタクマに頭を下げた。

タクマは特に気に留めず話す。

「いや、気にしないでくれ。それよりも、ダンジョンの様子を聞きたい」

ロハスが説明を始める。

「はっ！　現在のダンジョンは、パミル様に報告した状況とほぼ同じです。暴走の兆候はありますが、モンスターが溢れてはいません」

「一層の情報だけでも、より新しいものがないか？」

「はあ……ギルドによれば、一層にはゴブリンやオークが多いとの事でした。数が非常に増加しているという話で……」

そこで、ロハスは言葉を切る。それから彼は、ごく最近、ダンジョン付近を偵察《ていさつ》していた時の出来事を話し始めた。

ロハスは任務中にゴブリンと遭遇した。ゴブリンは普通の個体より巨大で強かった。だが、その時は一体だけしか現れなかったため、なんとか倒す事ができた。いよいよ暴走が始まったのかと警戒していたが、現れたのはその一体のみだった。しかし暴走の兆候が更に高まっていると覚悟し、普段より警戒を強めていたそうだ。

タクマは、最初に軍と接触した時の緊迫した態度は、そのためだったのだろうと理解した。

ロハスは顔を歪めてタクマに言う。

「私はこの隊を取りまとめる身です。それなりの力はあると自負していますが、ゴブリン一体ですら倒すのがやっとという有様でした。状況からしても、ダンジョンから生まれた個体であり、野生のゴブリンだったとは思えません。あのようなモンスターが大量にいるとなると、暴走が始まってしまえば太刀打ちするのは不可能です」

話を聞いて、タクマは攻略を急ぐ必要を改めて感じた。

「そうか……とりあえず、実際に一層の敵にあたってみるしかないな」

タクマはロハスに、ダンジョンの入り口まで案内してくれるよう頼んだ。

しかしロハスは、オロオロして言う。

「あ、あの。失礼ですが、タクマ殿はお一人ですか？　たくさんの従魔を連れているのは見て分かりますが……」

どうやらロハスは、本当にタクマがダンジョンに挑めるのか心配しているようだ。

「人間が俺だけなのが不安か？　大丈夫、ここにいるヴァイス達は強い。それこそ単独でこのダンジョンを踏破するのも可能なくらいだ」

タクマはロハスにそう言いながら、首を傾げた。

（うーん、ヴァイスとゲールは元の大きさに戻ってもらっているのに、心配されるってのはどうしてだ？）

ロハスの態度が気になり、タクマはナビに尋ねてみた。

（他の守護獣達はもちろんですが、ヴァイスとゲールの隠ぺいが上手すぎるのが原因でしょう。周りを威圧しないようにしっかりと魔力を封じ込めていますから、おそらく普通の従魔と認識されてしまっているのかと）

（なるほどな。魔力が感じられずに侮《あなど》られてしまうのか）

タクマがナビと念話していると、ロハスが申し訳なさそうに言う。

「タクマ殿、その、言いにくいのですが、そちらの従魔達は大きいだけで強そうには……」

ロハスが続けて、見えないと言おうとした時だった。

ヴァイスとゲールが魔力を少しだけ放出した。

しかしあくまでも、二匹にとっての少しだ。

「!!」

魔力が放出された瞬間、今までなんの脅威も感じていなかった二匹の魔力に圧倒され、ロハスは思わず後退《あとずさ》りした。

周囲の兵士達も気絶こそしないものの、体をガタガタと震わせるほどに怯《おび》えている。

「みんな、もういい。それ以上はダメだ」

タクマが苦笑いを浮かべてヴァイスとゲールを落ち着かせると、二匹は応える。

「アウン！（だってー、そのおっちゃん俺達を弱いってー）」

「ミアー（僕達も戦えるのにー）」

二匹とも、実力を侮られて腹が立ったようだ。

タクマは二匹をなだめてから、ロハスに向き直る。

威圧したのは一瞬だったが、ロハス達の認識を改めさせるには十分だった。

ロハスはタクマの背後にいる守護獣達に畏怖《いふ》の眼差しを向けている。

「ロハス、さっきのがヴァイスとゲールの実力だ。というか、あれでもほんの一部なんだ。他の四匹だって、同じように強い。そこは分かってくれたか？」

タクマの言葉に、ロハスはぶんぶんと首を縦に振った。

それからロハスは何も言わずに、タクマ達をダンジョンへ案内する。

五分ほど歩くと、目の前に地下へ続く階段が現れた。

「ここが入り口です……中は本当に危険です。無事にご帰還されるよう願っております」

「ああ、ありがとう。終わったら報告に行くよ」

こうしてタクマ達はロハスと別れ、いよいよダンジョン攻略に取りかかった。

◇　◇　◇

タクマと守護獣達がダンジョンに入る頃――夕夏と子供達は、自宅の庭を散歩していた。

ユキを抱っこしている夕夏は、困りきっている。

タクマがダンジョン攻略に出発してからというもの、ユキの機嫌が悪いままなのだ。

「ユキ、お父さんはお仕事なの。帰ってくるのを待とうね」

夕夏がそう言ってあやしても、ユキは抱っこされたまま、手を振り上げて抗議する。

「ぶー、だうー……」

子供達がユキの気を引こうと、声をかける。

「僕達だって寂しいんだよー？　でもお仕事じゃしょうがないよ。僕達と遊んで待っていようよ」

だが、ユキはぷいとそっぽを向いてしまった。

「んー、困ったわねぇ……家に入ろうにも、そうするともっと嫌がるし……」

夕夏と子供達が弱っていると、ユキの様子が変わった。ある一点に目を向け、手を伸ばしている。

夕夏達もユキの目線の先を追う。

あの辺りには妖精王であるアルテの祠《ほこら》があるはずだ。

夕夏がそう思った瞬間、ちょうど祠のある辺りから、空に向けて光の柱が伸びた。

「きゃうー！　あいーー！」

それを見て、ユキが嬉しそうな声をあげる。

「何あれ……!?　みんな、あんな光の柱を見た事ある？」

夕夏は驚いて子供達に尋ねた。

子供達は初めて見たと言い、危険を感じている様子はない。それどころか、口々に行ってみようと言って盛り上がっている。

夕夏は心配して尋ねる。

「だって初めて見るんでしょう？　危なくないかしら」

子供達は元気に返事をする。

「大丈夫ー」

「ここはおとうさんのお家だもん。危なくないよー」

夕夏とは違って、子供達は安全だと感じている。

この土地に親しんだ子供達が警戒していない。それに危なければ、周辺を守っている火竜のリンド達が出てくるはずだ。

そう考えた夕夏は、子供達とともに祠の様子を確かめに向かう。


夕夏達が祠に着くと、目の前で光の柱が消える。その場所には、見た事のある面子《めんつ》が揃っていた。

それを見た夕夏は、驚きで言葉を失ってしまった。

「タクマがおらず困っているようだったのでな。子守は我に任せるといい」

夕夏にそう言ったのは、大口真神だ。

「じゃあ、私達は子供達と遊びます！」

今度は大口真神の頭の上から声がした。よく見ると、小さい精霊のようなものが座っている。それは人形に憑依したヴェルドだった。

「ヴェルド神。あまりはしゃぎすぎると大口真神からお仕置きされますよ」

「そうです。せっかくこちらに来る事ができたのですから、大人しくしないと」

同じように人形に憑依してやって来た鬼子母神と伊耶那美命が、ヴェルドに注意した。

夕夏はまだぽかんとしていた。白い空間で聞いた通り、この土地は聖域化し、神が降りてきやすくなったらしい。だが、本当に来る——というか、こんなにすぐやって来るとは思わなかったのだ。

困惑する夕夏と違い、子供達は無邪気に話しかける。

「あれー？　結婚式の時に降りてきた人に似てるー？」

「ほんとだー。精霊さんだったの？」

「えー？　みんな神様だって言ってたよー？　それに教会の神様にそっくりじゃん」

子供達は結婚式を間近で見ていたので、ヴェルド達の容姿をよく覚えていた。特にヴェルドは教会の絵や像で見かける機会が多い。

子供達がはしゃいでいるのを呆然と見守っていた夕夏に、大口真神が近付く。

「ユキがぐずっておるのだろう？　我は面識があるゆえ、力になれるかと思って来たのだ」

そう言って大口真神は、ユキを背中に乗せるように促した。

「で、でも……いいんでしょうか？　神様に子守をさせるなんて……」

恐縮している夕夏を見て、大口真神は声を出して笑う。

「ははははは。構わん、構わん。他ならぬタクマとお主の子供達だ。祖父、祖母に預けるくらいの気持ちでおれ」

夕夏は本当にそんな事でいいのだろうかと思ったが、ユキは大喜びで大口真神に手を伸ばす。夕夏はユキを抱き上げると、大口真神の背中に乗せた。

ユキはうつぶせの姿勢で、大口真神にぎゅっとしがみつく。

「ユキよ。散歩でも行こうかの」

「あいー！　だい！」

大口真神はユキを乗せたまま、慣れた様子で歩き始めた。神という大きな存在であるにもかかわらず、やっている事は本当に祖父そのものだと夕夏は感じた。

他の子供達も、ヴェルド達と追いかけっこやかくれんぼをして楽しみ出した。

「みんなすっかり馴染んじゃって……なんか、私ばかり気を揉んでいる気がするわ……」

夕夏はため息を吐き、桜の木の下に腰を下ろした。

すると、足元から声がする。

「夕夏さん、よろしいですか？」

そこにいたのは鬼子母神だった。子供達の世話はヴェルドと伊耶那美命に任せたらしい。

緊張した様子の夕夏に鬼子母神は優しく微笑む。

「どうですか？　タクマさんとの日々には慣れましたか？」

柔らかい口調で尋ねてくる鬼子母神に、夕夏は式を挙げてからの穏やかな生活について話した。

鬼子母神は夕夏の言葉に相槌を打ちながら、楽しそうに耳を傾ける。

夕夏はいつの間にか畏《おそ》れ多いという気持ちもなくなり、打ち解けて会話ができるようになっていた。

やがて、夕夏とタクマの恋仲に話題が移る。

鬼子母神はキラキラと目を輝かせて言う。

「あなた方はこのヴェルドミールで奇跡の再会を果たし、無事結ばれる事ができました。是非お二人の馴《な》れ初《そ》めを聞かせてもらいたいのです」

夕夏は照れたが、鬼子母神の優しい微笑みにつられ、ついつい話し始める。

「そうですね……私達の出会いは……」

こうして神達のおかげで、夕夏と子供達はタクマの不在を寂しく思わずに過ごせたのだった。

◇　◇　◇

タクマ達はダンジョンへの階段を下り、入り口に辿りついた。

ヴァイスが尻尾を振りながらタクマに尋ねる。

「アウン？（ねー、父ちゃん。第一層は俺達だけでやっていい？）」

「ん？　そうだな……構わないぞ」

最近実力を発揮する機会がなく、ストレスが溜まっていたのだろう。タクマはそう考えて、許可を出した。

すると、守護獣達が次々に歓声をあげる。

「アウン！（やったー！　たまには思いっきり動きたかったんだー！）」

「ミアー（僕もいっぱい動くー）」

「ピュイ（最近は思いきり動く機会がなかったので楽しみです）」

「キキキ！（手加減なしにできるのは久しぶりだねー！）」

「クウ（僕もいっぱいフォローするよー）」

「……（……回復する……）」

守護獣達はやる気がみなぎっているようだ。タクマはやりすぎないようにとだけ伝える。

中に突入する前に、ヴァイス達は二組に分かれた。

一組目はヴァイス、ネーロ、レウコン、二組目はゲール、アフダル、ブランだ。

（ナビ、第一層のマップはどうだ？）

タクマが尋ねると、ナビが表に出てきて、タクマの肩に乗る。

「第一層は道が二手に分かれており、最後に合流する形になっています。敵の数は相当なものですが、ヴァイス達ならなんの問題もないでしょう」

ヴァイス達は今か今かとタクマの合図を待っている。

タクマは思わず笑みを浮かべる。危険な場所なのに、ヴァイス達は遊びに来たかのように楽しそうだ。

これ以上焦《じ》らしても仕方ないので、タクマは早速行かせてやる事にする。

「油断だけはダメだからな……よし、行ってこい！」

同時に、ヴァイス達は弾丸のように飛び出した。

それを見送ってから、タクマはゆっくりと第一層を歩き始めた。

するとすぐに、タクマの耳に悲鳴に似た声が聞こえた。きっとヴァイス達が、モンスターが不憫《ふびん》に思えるほどの実力差で殲滅《せんめつ》を行っているのだろう。

どちらに進んでも同じ場所に着くので、タクマは適当に右の通路を選ぶ。

右側はゲール達が進んでいる方向だ。道中でモンスターに遭遇する事はなく、代わりにゴブリンやオークからドロップした魔石が山ほど転がっていた。

「うーん、圧倒的だな……とりあえず魔石は拾っておくか」

タクマは魔石をアイテムボックスの中に回収しつつ、先を目指した。

一時間ほど経つと、ヴァイスから念話が届いた。

（父ちゃーん。終わったー）

（早いな。みんな怪我はないか？）

（一撃も食らってないから、大丈夫だよー）

（じゃあ俺も急いで向かうから、周囲の警戒をして待っていてくれ）

タクマは駆け足で先を急ぐ。道の合流地点に到着すると、守護獣達は全員すっきりとした様子でタクマを待っていた。

ヴァイスの組は、倒したモンスターの魔石まで運んでいた。

タクマが、どうやって持ってきたのか尋ねると、風の魔法で運んだという。

ヴァイスの組はタクマに誇らしげな顔を向ける。

ゲールの組は速く進むのを優先して、魔石は放置していたそうだ。といっても、タクマの気配が背後からやって来るのには気付いていて、回収するのは任せるつもりだったという。

「ミアー（僕達も運べば良かったね……）」

ゲール達は少し落ち込んでいるが、タクマは全く気にしていなかった。

回収に大した手間がかかるわけでもないし、そもそも守護獣達はタクマの代わりに攻略を進めてくれたのだ。

「ゲール、回収は俺がばっちりやったよ。それよりみんな、俺の代わりに戦ってくれてありがとう」

タクマはそう伝え、ゲールをはじめとした守護獣全員を思いきり撫でた。

タクマに褒められ、更にやる気を出したのだろう。守護獣達は、次の階層も自分達に任せてほしいと言う。

タクマはみんなの好きにさせてやり、ナビと念話を交わしながらついて行く事にした。

(久々に思いっきり動けて、テンションが上がっているんだろうな)

(そうですね。狩りは獣の本能の一部ですから、興奮するのは仕方ないでしょう)

嬉しそうに駆けまわる守護獣達とともに、次の階層への階段を下りる。

ナビは下の階に着いた途端、すぐに検索を開始する。

「この階層はボス戦のようですね。大きめの広場に、二体の強い気配があります」

守護獣達はボス戦と聞くと目を輝かせ、タクマを置いて進んでいった。


「これは……分かってはいたけど、楽勝みたいだな……」

「ええ、このダンジョンで苦労する箇所は少ないかもしれませんね」

会話するタクマとナビの視線の先では、守護獣達がフロアボスと戦っていた。

ボスはランクAのモンスター、オーガキングだ。冒険者が倒そうとすれば、相手と同じランクAの冒険者複数人でパーティを組まなければ相手にならない。

そんなオーガキングに、守護獣達は一切傷を負わされていない。

「アウーン（そっちじゃないよー。こっち、こっちー）」

「ミアー（どこ見てるのー？　ほらほらー）」

ヴァイスとゲールはオーガキングの周囲を素早く動きまわり、かく乱する。

「グルアーーー!!」

知能が高くないオーガキングは挑発に乗り、翻弄《ほんろう》されて右往左往《うおうさおう》する。

そこにアフダルの風の刃《やいば》が襲いかかる。

風の刃はオーガキングの首を飛ばし、あっさりと倒してしまった。

「ピュイ（ご主人様。魔石を）」

アフダルは魔石を風魔法で浮かせ、タクマに渡す。そして何事もなかったように肩に止まった。

なお、ここまでの道中、守護獣達は一度も全力を出していない。それどころか、全員で敵と戦う必要さえなかった。

「これじゃあ、俺が出る幕はないな……」

タクマは困ったように呟く。しかし守護獣達があまりに楽しそうなので、このまま思う存分戦わせる事にした。

ナビがタクマに声を掛ける。

「ヴァイスだけでもダンジョンを踏破できそうですね」

「ああ。計画を最速で遂行するために、フルメンバー連れてきたが……守護獣達だけでも問題なさそうだ。これじゃあみんなの気晴らしが目的みたいだな」

タクマは少し拍子抜けしながらも、笑顔で言う。

「まあ、たまには暴れさせてあげないと、あいつらもスッキリできないだろう。計画は計画としてやり遂げるにしても、みんながストレス解消するいい機会だと考えるのもありだな」

すると、ナビが少し心配そうに言う。

「ですが、この計画には、マスターの力を国外まで知らしめ、聖域の件や若返りの件で、マスターや家族に危害が及ばないようにする目的があります」

ナビはそれきり黙り込み、何か考え込んでしまったが、しばらくすると、パッと顔を上げた。そして、タクマに告げる。

「この際、ヴァイス達だけに任せてもいいかもしれませんね。マスターの守護獣であるヴァイス達までもが優れた能力の持ち主なのは、意外と知られていません。ヴァイス達だけでもダンジョンを踏破する実力があると知られれば、その主であるマスターのすごさも、十分に証明できます」

「なるほどな。一挙両得ってやつだ」

タクマはそう答えたあとで、気になった点を指摘する。

「でも、それなら第三者をパーティに加えた方がいいんじゃないか？　ヴァイス達の戦いを見届けて、守護獣にはモンスターが不憫になるくらいの実力があると証言してくれる立会人のような存在が必要だと思うんだが……」

ナビはすぐさま提案する。

「確かにそうですね。では、先ほどの兵士を呼んだらいかがでしょう。彼は国への報告も行っていましたし、ありのままの事実を伝えてくれると思います」

ナビの意見にはおおむね賛成だが、タクマには不安も芽生えていた。

ヴァイス達が、恐怖の対象になってしまわないかという事だ。実際、ヴァイス達がほんの少し威圧しただけで、兵士達は震えあがっていた。

タクマがそれを伝えると、ナビが説明する。

「心配しなくていいと思います。ヴァイス達はマスターの守護獣だと知られ、国の人々はマスターを良き隣人と見ていますから」

人間離れした力を見せながら、町の人々に受け入れられたタクマという前例がある。どんなに強くても、ヴァイス達が排斥《はいせき》される事はないだろうとナビは予測した。

「ナビの言いたい事も分かるが、一応コラル様に相談をしてから決めるか」

タクマは念のため、コラルの意見も仰いでみる事にした。

18　人選

タクマはヴァイス達に休憩するよう伝え、アイテムボックスから遠話のカードを取り出す。

カードに魔力を流すと、すぐにコラルが応答した。

『タクマ殿か？』

「ええ、今ダンジョンの攻略中なのですが、提案したい事があるんです」

タクマはコラルに、ナビの意見をそのまま相談した。

一通り聞き終え、コラルが告げる。

『なるほどな。計画に参加してもらった以上、この機会に守護獣達の力をアピールするのも良いかもしれん。しかし、ダンジョン周辺の警護兵が、君達の戦闘についていくのは無理だろう。守護獣達に恐れを抱く可能性が高い』

「俺もそこが懸念《けねん》なのです。ヴァイス達は敵に容赦しません。ですが、害意のない相手には温厚そのものです。そこが分かってもらえなかったら、ヴァイス達がかわいそうで……」

タクマがそう言うと、コラルが提案してくる。

『色々な点を考慮する必要があるが、立会人が不可欠なのは分かった。よし、なんとか用意できるかかけ合ってみよう。悪いが、そこで待機していてほしい。できるだけ急いで決定する』

コラルはそれだけ言って、遠話を切ってしまった。

ナビとタクマは、顔を見合わせる。

「コラル様は、いったい誰を同行させようというのでしょうか？」

「分からん……だが、俺らの思いを理解してくれたうえでの行動だろう。そこは信頼していいさ」

二人はコラルの人柄を頼みに、大人しく返事を待つ事にした。

◇　◇　◇

「ふう……タクマ殿の同行者か……」

タクマとの遠話を切ったコラルは、ため息を吐いて椅子から立ち上がる。

パミルに報告し、速やかに人選をする必要があると考えたコラルはすぐに王城に連絡を取ると、空間跳躍の扉で城へと跳んだ。

直前に連絡したのにもかかわらず、既に騎士が控えていた。

「コラル様。執務室にて王がお待ちです」

「うむ。頼む」

コラルが騎士の反応を窺うと、彼の態度は普段と変わりなかった。ネックレスによる若返りの偽装は完璧のようだ。

コラルがノックをして執務室に入ると、中ではパミルとノートンが待っていた。

パミルが声をかけてくる。

「コラルよ。何やらタクマ殿から緊急の提案があったと聞いたぞ」

「ええ。今回のダンジョン攻略について、ヴァイス達の強さを証明するための立会人を希望しています」

コラルは簡潔に経緯を説明した。

一通り聞き終えると、パミルとノートンがそれぞれ口にする。

「ふむ……タクマ殿の力は国中に聞こえている。しかし彼の言う通り、従魔達の実力は知られておらんな」

「従魔達の実力を知らしめたいのは分かりましたが、忠誠心があるのか心配ですね。何しろ従魔達については、我々もほとんど知りません。タクマ殿に背く可能性が少しでもあれば、逆に危険かと……」

いくらか心配はあるものの、立会人をつける事では二人とも意見が一致していた。

その後、話題は誰を行かせるかに移る。

「立会人……本当に人選が難しいな」

「そうですね、タクマ殿達の邪魔になるのは論外ですし……」

パミルとノートンはそう言って頭を悩ませた。二人が立会人の候補として考えたのは、タクマやヴァイス達を恐れない、彼らと同じくらいの実力を持つ人間だった。

ところが、コラルは全く違う意見を口にする。

「実力を考慮する必要はないのでは？　タクマ殿なら、人ひとり守るくらい朝飯前《あさめしまえ》でしょう。体力に関しても回復魔法があるので、重要ではありません」

二人はハッとした表情を浮かべる。

コラルは続ける。

「立会人を希望した時点で、タクマ殿はその者を連れて歩く手間くらい分かっているでしょう。また、その者の負担になるような攻略はしないと思います」

実はコラルは、あえて戦力のない者を行かせ、タクマ達の無茶を防ごうとも考えていた。足手まといがいてくれれば、タクマ達は危険な行為を控えるというわけである。

ノートンは怪訝そうに尋ねる。

「……では、この一刻を争う事態に、立会人としてタクマ殿の足枷《あしかせ》になる者を選ぶと？」

「ええ。タクマ殿は今回の偽装計画のために本気を出し、最速で攻略したいと言っていました。しかし、最優先すべきはタクマ殿の無事です。彼には帰りを待つ家族がいます。そしていくら彼らが強くとも、万が一という事があります。王家を助けるための計画とはいえ、彼に何かが起きてしまっては取り返しがつきません」

パミルは、コラルがそこまで考えていたと知り、深い感謝を抱いた。

「コラルよ、よく分かった。その意見はもっともだ……では我らが立会人として送り込むのは、宮《きゅう》廷《てい》魔《ま》導《どう》士《し》のルーチェとしよう」

そうしてパミルの口から、一人の女性の名が告げられたのだが――

コラルとノートンはぎょっとした。そして、慌てて反対する。

「い、いや……いくら戦力や体力が必要ないといっても、彼女は不適格では!?」

「そうです！　あの魔法馬鹿……ゴホン！　いえ、魔法の研究にしか興味のない彼女では……」

二人は違う者を選ぶよう必死に言うが、パミルは頑として譲らない。

「二人の言いたい事は分かる。だが、今回の立会人は彼女以外認めん」

「し、しかし……彼女は研究以外の仕事は全て拒否しているのですよ!?」

ノートンの言うように、ルーチェは宮廷魔導士という高い身分にありながら、国の命令さえ無視していた。

ノートンが困惑していると、パミルは真剣な面持ちで言う。

「だからこそだ。宮廷魔導士は国に欠かせん存在で、高額な報酬を出して雇っている。しかしどれほど優秀だろうが、命じられた役目を果たさぬようでは意味がない。ルーチェにそれをはっきり理解させ、まともに勤務するよう仕向けるには絶好の機会なのだ。魔導士なので従魔という存在に理解があり、かつ足枷になるという要件も満たしている。彼女以外に適当な人物は考えられん」

コラルとノートンは、パミルの決定が揺らがないと悟った。二人は深いため息を吐きながらも、やむを得ず了承する。

するとパミルは厳しい表情で、ルーチェを呼ぶよう指示を出した。

19 残念な宮廷魔導士

「ふー、そろそろ決まってもいい頃だと思うんだけどな……」

タクマは思わず呟いた。

コラルに連絡をしてから、既に二時間が経っていた。本気で攻略すると伝えた手前、自分の提案のために時間が過ぎていくのは気が引ける。

守護獣達も早く進みたいようで、先ほどからソワソワして落ち着きがない。

「アウン？（父ちゃんまだぁ？）」

「ミアー（早く新しい階に行きたいなぁ）」

ヴァイスとゲールは焦れた様子でタクマに言う。

他の守護獣達も口には出さないものの、やはり同じ気持ちのようだ。

「もう少し待ってくれ。そろそろコラル様から連絡が来ると思うから」

タクマがヴァイス達をなだめつつ待っていると、遠話のカードに連絡が来た。

『タクマ殿、待たせた。君の希望通り、立会人をつける。謁見の間に来てもらえるか？』

コラルによると、その人物を呼び出してあるので迎えに来てほしいとの事だった。

タクマは守護獣達に告げる。

「みんな、立会人を迎えに行くから、あと少し待っていてくれ。戻ったら、すぐに攻略再開だ」

それからタクマは、浮き足立つヴァイス達を残し、謁見の間へ跳んだ。


タクマがやって来ると、そこにはパミル、ノートン、コラルが待っていた。

他に人がいない事を不思議に思い、タクマは尋ねる。

「あれ、立会人の方は……ん？　まさか、コラル様かノートン様が立ち会うのですか⁉」

コラルが慌てて否定する。

「いやいや、違うぞ。本当はもう来ていておかしくないのだが……すまん、もう少し待ってくれ」

ちょうどその時、激高《げっこう》した女性の声が部屋の外から聞こえてきた。

「……かったから！　分かったから離して！　もう！　私は研究で忙しいのに！」

タクマは怪訝な顔でコラルに聞く。

「まさか……あの声の女性が立会人ですか？」

コラルはバツが悪そうに、タクマから目を逸らして言う。

「あ、ああ……そうだ。不安を感じているのだろうが、正直に言おう。私も不安だ。彼女は優秀ではあるのだが、素行に若干問題があってな……」

ちょうどその時、コラルの歯切れの悪い説明を遮るように、扉を叩く音が謁見の間に響いた。

扉が開くと、そこには近衛《このえ》騎士に連れられた女性の姿があった。

「宮廷魔導士のルーチェ・トロマ殿をお連れしました」

そう告げる騎士を振り払い、ルーチェと呼ばれた女性はパミルの前に歩いてくる。

「なんの用でしょうか？　研究を途中で邪魔されるのは腹が立つのですが」

王であるパミルに対し、ルーチェは不機嫌な態度を露わにして言った。

パミルはこめかみに青筋を立てながらも、事情を説明し、タクマのダンジョン攻略の立会人に任命する旨を告げた。

「──と、いうわけだ。君にはダンジョンに行ってもらう。タクマ殿の従魔の戦いぶりを観察し、正確な実力を報告してほしい」

ルーチェは、パミルにとがった視線を向ける。

「……はあ？　なぜ私がそんな事をしなければならないのです！　私は宮廷魔導士であり、魔法の研究者です。研究以外は私の仕事ではありません」

ルーチェはパミルにそう言いのけた。更にそのあとも、ルーチェは自分の権利ばかり主張し続けた。ついにノートンが声を荒らげる。

「貴様！　誰に向かって口をきいている！」

ルーチェは驚き、息を呑んで黙った。

ようやく彼女は自分がイライラし、場所も相手もわきまえないで感情的になっていたと気付いた。

しかしまだボソボソと口にする。

「で、でも……私の仕事は研究で……」

「宮廷魔導士の仕事は研究だけではない！　貴様は何度注意されたら分かるのだ！」

ノートンは怒鳴りつけると、宮廷魔導士がこなすべき職務を一つ一つ挙げていった。

ルーチェの顔色がどんどん悪くなっていく。

パミルは大きく息を吐くと、ノートンを制止し、ルーチェに向かって告げる。

「さて、ルーチェよ。お前の言いたい事は分かった」

「で、では私は研究に……」

パミルは背を向けたルーチェに、きっぱりと告げる。

「研究は必要ない。お前を宮廷魔導士の任から解く。同時にパミル王国からの追放を命ずる」

「――えっ？」

ルーチェは震えながら目を見開いた。

青ざめるルーチェに、パミルは更に容赦なく言い渡す。

「お前は宮廷魔導士が果たすべき義務を、繰り返し放棄し続けてきた。そんなお前に最後のチャンスとして、立会人という任務を命じたのだ。それすら拒否するならば、責任を取ってもらう。お前の態度は宮廷魔導士にふさわしくない。このままでは他の魔導士達にも悪影響を与えるだろう」

慌ててルーチェは声をあげる。

「ま、待ってください！　私は自分の仕事はやっています！　それなのに追放なんて……」

「お前はそう言って、やりたい研究だけに明け暮れてきたのだ。任を解くのは当然だろう」

パミルの口調はあくまで静かで、だからこそ本気だと分かるものだった。

ようやく自分の置かれた立場がいかに厳しいか理解したのだろう。ルーチェは俯き、ガタガタと震え出した。

「今までも再三義務を果たすよう通告してきた。それでも改める様子がないので、立会人という最後のチャンスをやったのだ。今回の命令まで拒否するなら、お前を厳しく処分する」

パミルは先ほどと同様の事を告げ、ルーチェに再び現実を突きつけた。

そしてしばらく沈黙したあとに尋ねる。

「ルーチェよ、もう一度だけ聞く。今回の立会人の件、受けるか？」

ルーチェは目を上げて、パミルを見る。

パミルの表情からは感情が消えていた。立会人を拒否すれば一切情をかけずに処分するつもりなのだと、ルーチェは悟った。

「分かりました……立会人の任務をお引き受けいたします……」

ルーチェはがっくりと肩を落として承諾した。

打ちひしがれているルーチェを横目で窺いつつも、タクマは小声でパミルに話しかける。

「パミル様、そろそろ戻って攻略を再開したいのですが……」

パミルはタクマに無言で頷くと、ルーチェに向かって告げる。

「ルーチェよ、タクマ殿に同行し、此度《こたび》の任務をしっかりと果たすのだぞ！」

パミルはルーチェの返事も待たずに、そのまま謁見の間から去っていった。

コラルが、ルーチェに声をかける。

「ルーチェよ。こうなってしまっては任務を果たすしかない。果たす事ができれば、今後に繋がる可能性が出てくるだろう。宮廷魔導士を続けられるかの瀬戸際《せとぎわ》だ。心して臨めよ。この任務は君が思う以上に重要なのだ。いい加減な仕事をすれば、この国にさえいられなくなってしまうのだぞ」

ルーチェは震えあがる。自分の命運がこの任務にかかっていると、改めて痛感したのだ。

コラルは更に続ける。

「……任務は名目こそダンジョン攻略の立会人だが、事はそこまで単純でない。お前が攻略を見届け、正確に報告を行われなければ、パミル王国の今後を左右する可能性さえあるのだ」

真剣に取り組んでもらうため、コラルはルーチェをじっと見据えた。

「わ、分かりました……任務を果たして戻ってきます」

ルーチェは小声で言った。今のピンチを乗りきるにはやるしかないと、覚悟を決めたようだ。

ルーチェは、タクマに頭を下げる。

「タ、タクマ様。立会人を務めるルーチェと申します。どうかよろしくお願いします」

「あ、ああ。よろしく。コラル様はああ言ったが、そんなに難しい事はないはずだ。気楽についてきてくれればいい」

実のところ、タクマはこの人選が大いに不安だった。しかし立会人の事を言い出したのは自分であり、パミル達の尽力で実現したのだ。文句を言うのは申し訳ないと思った。

タクマはルーチェに、注意事項を伝える。

「ダンジョンに入れば説明している暇はないから、ここでさせてくれ。君が自分で何かする必要はない。ただ俺達と一緒に来て、守護獣達にどれだけ力があるか、見届けてくれればいい」

ルーチェは不思議そうな顔をする。先ほどコラルに国家を左右するとまで言われたので、タクマの言葉に落差を感じたのだ。

タクマは、少し厳しい口調でつけ加える。

「ダンジョンではすごく楽に進んでいると感じるはずだ。だがそれはダンジョンの難易度が低いんじゃない、守護獣達が強いからだ。もし君が勝手な行動をすれば、状況はすぐに変わる。命が危険に晒される事も覚悟してほしい」

「分かりました……胸に刻んで同行させていただきます」

任務を受けると決めて腹を括ったのか、ルーチェは畏まった様子で口にする。

冷静になったルーチェは、ふいに膨大な魔力の気配に気付いた。同時に、それがタクマのものだと理解する。

（なんなの、この魔力⁉　あり得ない……怖くて身動きできない……！）

「ん？　どうした？　急に震え出したけど。大丈夫か？」

タクマが尋ねても、ルーチェは口がきけない。

見かねて、コラルが代わりに答える。

「おそらくタクマ殿の魔力にあてられたのだろう。魔導士なら人の魔力を測る事くらいできる」

「結構抑えているんですけどね。魔力操作と魔道具でほとんど外には漏れないはずだし……」

ルーチェが震える声で言う。

「私は人の持つ魔力自体を感知できるんです。だから隠されていても感じ取れるんですが……」

タクマは笑みを浮かべて告げる。

「なるほど。でもそんなに怖がらなくても、取って食ったりはしないさ。早速ダンジョンへ行こうか。ヴァイス達も首を長くして待っているだろう」

「あ、あの、どうやってダンジョンまで行くのですか？」

ルーチェはそう言って、タクマの顔を窺う。

「こうやって行くのさ」

タクマはルーチェを範囲指定し、空間跳躍を発動させた。そしてダンジョン付近の森の中、軍の部隊が駐屯していた辺りへ跳ぶ。


跳んだ先は、ロハスの目の前だった。いきなり出現した二人に兵士達は驚き、臨戦態勢を取る。

ロハスも仰天したが、相手がタクマだと気付いて、慌てて兵士達を制止する。

「タクマ殿ではないですか！　驚かせないでください！　お前ら、警戒解除だ」

空間跳躍が初めてだったルーチェは、衝撃で呆然とし、その場にへたり込んでしまっている。

タクマは、ロハスにルーチェを連れてきた事情を説明した。

「……なるほど。では、宮廷魔導士であるルーチェ殿がダンジョンに同行し、タクマ殿の守護獣達の力を測るのですね」

「ああ。証人がいないと、余計な詮索をする者が出るかもしれん。それでロハスの所へ寄らせてもらったんだ」

ロハスはルーチェを横目で見ると、タクマに小声で注意を促す。

「タクマ殿、あの方は宮廷魔導士でも問題のある方と聞いております。その……大丈夫ですか？」

タクマはロハスの肩に腕をまわして小声で返す。

「大丈夫だ。パミル様からきついお叱りを受けての任務だから、彼女も立会人という立場を理解しているだろう……多分」

それでもロハスは不安なようで、タクマにルーチェの人となりを伝える。

「彼女は根っからの研究者で、よく周りが見えなくなるそうです。興味があるものが絡むと、途端に任務を忘れて対象に没頭してしまうと聞きます。タクマ殿は、その辺りを念頭に置いて同行されるのがいいかと……」

タクマはため息を吐いた。やはり立会人として心配な部分があるようだ。

「心に留めておくよ」

ロハスはタクマの返事を聞いて表情を崩す。ようやく安心した様子だ。

「では、タクマ殿のダンジョン攻略の立会人として、ルーチェ殿を確認しました。こちらは報告書に正式に記載しておきます」

用が済んだので、タクマは守護獣達を残して来た地点に、ルーチェを連れて跳ぶ事にした。

「ルーチェ。じゃあ、ダンジョン内に移動するぞ」

タクマに声をかけられ、ルーチェはようやく我に返った様子で立ち上がる。

そしてずんずんとタクマの方にやって来ると、突然まくし立て始めた。

「タ、タ、タクマ様！　さっき、空間跳躍を!?　な、なんで!?　どうやって覚えたの!?」

体がくっつきそうな距離で迫られて、タクマはルーチェの肩を押して距離を取る。

「近い、近い！　俺の事をパミル様から聞いているわけじゃないのか？　どうやってと言われても、説明のしようがない」

タクマはヴェルドから魔法の才能を与えられている。だから空間跳躍のような人間離れした魔法を使いこなせる。だが、それを話すわけにはいかない。

しかしルーチェは諦めないで食い下がる。

「いいえ、話せる事はあるはずです！　イメージ方法とか、魔力はどれくらい使うとか！」

先ほどのしおらしさが嘘のように、しつこくタクマを質問攻めにするルーチェ。

タクマはロハスの言葉を早くも痛感した。

少し厳しめにルーチェを警告しようと決意したタクマは、ロハスに目配せをしてから、徐々に魔力を解放する。

合図を受けたロハスは、兵士達とともに、タクマから距離を取る。守護獣達によって、威圧の恐ろしさは体験済みだ。

「ねえ！　ねえってば……え？」

我を忘れてタクマに迫っていたルーチェは、ふいに自分の周りの空気が重苦しく、冷たく感じられるのに気付いた。それがタクマの魔力だと理解した途端、一気に精神的なプレッシャーがかかり、冷や汗が噴き出る。

ルーチェが恐る恐る顔を上げると、タクマが冷たい表情で見ている。

「なあ、ルーチェ。本当に自覚しているのか？　散々言われただろう。お前の任務は俺達に同行して、守護獣達に実力があるか確認する事、それをきちんと報告する事だ。まずはその任務を遂行すべきなんじゃないか？　俺の魔法がどうとか、今聞くべき事か？　尋ねたいなら、それを全《まっと》うしたあとにやるのが当然なんじゃないか？」

「す、すみません……つい我を忘れて……」

ルーチェは謝るが、タクマは言葉を続ける。ここできちんと理解してもらわなければ、ダンジョン内で同じ事をしでかすと思ったからだ。

「つい？　パミル様やコラル様から、最後のチャンスだと説明されたのをもう忘れたのか？　国家を左右するとまで言われているのに、お前は〝つい〟で任務をおろそかにするのか？　ダンジョンでも、〝つい〟注意を無視して、俺や守護獣達を危険に晒す気か？」

タクマの正論に、ルーチェは返す言葉がない。

「ただでさえ危険なダンジョンなんだ。万が一のないようにずっと忠告されているのに、それでも分からない愚か者なのか？」

「はい……私が愚かでした……同じ事は繰り返さないようにします……」

ルーチェは恐怖で震えながら、タクマに謝る。

タクマは威圧を解いて告げる。

「反省したならいい。ここからのダンジョンは危険な場所だと心に刻んでくれ……任務終了後なら質問も受ける。答えられる範囲でよければだが」

ルーチェはうなだれながら頷いた。

タクマはそれを見て、ロハスに出発を伝える。

するとロハスが手招きをして、タクマだけを近くに呼んだ。続けて、兵士の一人を側に来させる。

タクマが首を傾げていると、ロハスが告げる。

「タクマ殿。彼女が立会人では、任務を果たせるのか心配です。なので突然ではありますが、念のためにこちらからも一人、ダンジョンに同行させてもよろしいでしょうか」

いきなりの相談で、タクマはなんとも答えられなかった。

ロハスはルーチェをちらりと見てから、声をひそめてタクマに言う。

「立会人はパミル様が任命された正式なものです。それを覆す事はできません。なので、あくまで同行者として……はっきり言ってしまえば、ルーチェ殿のお守りをする者を行かせたいのです」

「確かにな……」

タクマは、少し考える。

王であるパミルの許可なく同行者を増やすのはまずいのかもしれないが、とにかくタクマの目的は、守護獣達の実力を認めてもらう事だ。

その立会人としてルーチェは少々……いや、かなり問題がある。

何しろパミル自身があれだけ脅したのに、ダンジョンに入る前から我を忘れてしまうのだ。先ほどのタクマの警告も、どれほど効果があるか分からない。立会人の任務を果たしてもらえないなら、わざわざ攻略を遅らせて提案した意味も、攻略を守護獣達に任せる意味もなくなってしまう。

兵士では守護獣達を恐れてしまい、立会人に不向きだという事だったが、立会人としてではなく、ルーチェのお目付け役として彼女の暴走を防ぐ役割なら、兵士でもできるのではないかと思えた。

タクマはロハスに尋ねる。

「隊長のロハスが推薦するからには、しっかりした人間なんだよな？」

「もちろんです。私が保証します」

タクマはロハスの提案を受け入れると決めた。

すると、ロハスは先ほどから傍らに控えさせておいた兵士に命じる。

「では、タクマ殿達に同行しろ。お前の役目は立会人であるルーチェ殿を監視する事だ。ルーチェ殿が勝手な行動を取る前に止めろ。そして、ルーチェ殿が正常な判断ができるよう補助しろ。俺が言っている意味は分かるな？」

ロハスが呼んだ兵士は頷く。

「了解しました。これよりタクマ殿と立会人殿に同行します。タクマ殿、足手まといでしょうが、よろしくお願いします。私は副隊長のチコと申します」

チコに頭を下げられ、タクマは握手を交わす。

チコは金髪を耳の辺りで切り揃えた、兵士らしい精悍《せいかん》な顔立ちの青年だった。

「俺はタクマだ、よろしくな。戦闘に関しては俺や守護獣に任せてくれればいい。君がルーチェを見ていてくれるなら安心だ」

タクマはルーチェとチコを範囲指定し、ダンジョン内へ戻るのだった。

20　攻略再開

「アウーン！（父ちゃん、おそーい！）」

戻ってきたタクマを見て、ヴァイスが言う。

他の守護獣も待ちくたびれた様子で駆け寄ってくる。

「悪いな。ちょっと時間がかかったけど、これで攻略を再開できるぞ」

タクマが集まってきた守護獣達を撫でてやると、みんなの表情は満足げなものに変わった。

守護獣達はタクマの後ろにいる二人を見つけて、興味深そうに眺める。

「ピュイ？（この方達が立会人ですか？）」

アフダルに問いかけられ、タクマは二人を紹介する。

「ああ、そうだ。こっちが立会人のルーチェ。そして隣は彼女のお目付け役のチコだ」

チコは守護獣達が意思疎通できる相手だと分かっていた。タクマと守護獣達がダンジョンに入る前に、やり取りするのを見ていたからだ。

とはいえ、ヴァイスとゲールの威圧を受けた恐怖も消えておらず、やや緊張は残っている。しかし、一緒にダンジョンを進む身として礼儀を欠かないよう、それぞれに頭を下げて挨拶する。

「私はチコと言います。ダンジョン監視部隊の副隊長をしています。よろしくお願いします」

守護獣達も一匹ずつ挨拶を返す。

「アウン！（よろしくー！）」

「ミアー（がんばろーねー）」

「ピュイ（こちらこそお願いします）」

「キキキ！（大人しくしててねー！）」

「クウ（ちゃんと守るよー）」

「……（正直邪魔だけど……よろ……）」

守護獣達はおおむね、新たなメンバーを歓迎していた。

その光景を見て、ルーチェが首を傾げる。

「あ、あの……この従魔達は人間の言葉が分かるのですか？」

ルーチェは、守護獣達の実力が高いのは予測していた。だが、タクマの指示を忠実に守れる存在くらいにしか認識していなかった。

タクマはルーチェに説明する。

「守護獣達は、みんな俺達の言葉をちゃんと理解している。それにこの子達は従魔のように指示に従うだけの存在じゃない。自分の判断で動く事ができる俺の相棒達だ。立会人として、それを理解しておいてくれ」

「わ、分かりました。認識を改めます」

ルーチェは、改めて守護獣達に挨拶をする。

「私はパミル王に任命されたダンジョン攻略の立会人で、ルーチェといいます。王国で宮廷魔導士をしていますが、研究者なのであまり戦う力はありません。邪魔にならないように気を付けるので、どうかよろしくお願いします」

ルーチェに対し、守護獣達もそれぞれ言葉を返した。

タクマはみんなに向かって告げる。

「さて、挨拶も終わったし、行くか。みんな、さっきまではどんどん先に進みながら戦っていたけど、ここからはルーチェにみんなの活躍を見てもらえるように気を付けてくれよ」

守護獣達は、タクマ達から数mだけ先に立った。

出発の準備のため、タクマはチコとルーチェに声をかける。

「まずはルーチェとチコには結界を張るからな。これで大抵の攻撃は防げる。だからといって、勝手な行動はやめてくれよ？」

二人が頷くと、タクマは魔力を練り上げて結界を施す。

「!!　これは……！　すごい……こんな結界初めて見た……」

ルーチェは驚き、興味深げにしているが、今度はタクマに詰め寄ったりしなかった。タクマがさっき忠告したのが効いているのだ。

チコも驚いてはいるものの、取り乱しはしなかった。

◇◇◇

攻略を再開して数分――一行の目の前に、ゴブリン三体が立ちはだかった。

ルーチェは、初めて見たこのダンジョンの敵に仰天していた。

外のエリアで出会うゴブリンよりもはるかに魔力量が多い。目の前のゴブリンが相当手ごわい存在なのは、戦闘員でないルーチェにも理解できた。

「アウン（ゴブリンかー。ここは俺がサクッとやっちゃうねー）」

気の抜けた声でヴァイスが鳴き、一歩前に進み出る。

ルーチェは慌ててタクマに言う。

「タクマ様！　あれは普通のゴブリンではありません！　守護獣だけでは危ないで……」

言いきる前に、ルーチェの目の前にあり得ない光景が広がる。

ヴァイスの魔力が爆発的に上がったと思った瞬間、大きな風の刃が現れてゴブリンの首を飛ばしたのだ。

驚いて声を失うルーチェに、タクマは話しかける。

「大丈夫だろ？　ヴァイスの実力なら、ゴブリンじゃいくら強くても雑魚に変わりないさ」

ヴァイスが魔石を持って戻ってきた。

タクマは魔石を受け取り、再びダンジョンを進み始める。

ルーチェは、タクマに聞きたい事がたくさんあったが、どうにか踏み止《とど》まっていた。ここでまた質問攻めにしようものなら、先ほどの恐怖を再び味わう羽目になるだろうと考えたからだ。

（へえ……我慢はできるみたいだな）

タクマはルーチェを見て少し感心していた。


タクマ達は、順調にダンジョンを進んでいく。

彼らが見た光景は異常なものだった。何せ現れるモンスターは、全て災害級と表していいほどの強さを備えていたのだ。

「ねえ、私の目がおかしいの……？　あれはオークキングよね？　なんであんな風に倒せるの？」

そう呟くルーチェの目の前で、多数のオークキングが守護獣達の魔法で倒されていく。

「あれを一体倒すには、我々軍の人間があたっても数十人単位の死者が出ると思います」

チコはそう言って、ヴァイス達の圧倒的な戦力に恐怖すら感じていた。

「守護獣達の力、本当に興味が尽きないわ。あれだけ強いなら、タクマ様につき従う必要もないはずなのに……タクマ様と過ごすのが喜びみたいね。どんな絆があるのか知りたいわ」

ルーチェが守護獣達の強さに夢中になっている一方で、チコはこの中で一番強いのはタクマだと確信していた。

その理由は守護獣達を見守るタクマの姿にあった。一見タクマはヴァイス達に戦闘を任せ、自分は眺めているだけだ。しかしタクマの背中からは、体内に魔力がほとばしっているのが感じられる。守護獣達に何かあればすぐ行動できるよう、常に備えているのだ。

チコは分かっていたが、ルーチェは守護獣を観察する役目に集中しているので、それに気が付いていなかった。

チコはルーチェに告げる。

「ルーチェ殿、守護獣達がタクマ殿に従うのは、彼らにしか分からない絆もあるのでしょう。しかし、そもそも彼らの関係が成り立っているのは、タクマ殿に守護獣達を従える力があるからです。つまり守護獣達が従うなら、タクマ殿の力はそれ以上なのではありませんか？」

「言われてみれば……」

ルーチェはハッとしてタクマに顔を向けた。そしてただ守護獣達を眺めているだけに見えたタクマから、戦闘に挑むような魔力が発せられている事に呆然とするのだった。

「アウーン！（父ちゃん！　終わったー！）」

戦闘が終わり、守護獣達が大量の魔石をたずさえて戻ってくる。

タクマは頑張ったみんなを、わしゃわしゃと撫でて労ってやる。

「さすがだな。格好良かったぞ」

褒められた守護獣達は嬉しそうに目を細めた。

「さて、そろそろ外は夜だな。この辺でいったん休むか。ヴァイス達も腹減っただろ？」

タクマはそう告げると、アイテムボックスからテントとテーブルセットを取り出す。

「急な任務だったし、二人は野営の準備をしてないよな？　だったら一緒に食事しないか？　俺らと同じもので良ければだが」

タクマはそう言うと、アイテムボックスから屋台料理を取り出す。串焼きやスープなどが中心だ。

守護獣達はすぐに勢いよく食べ始める。たくさん戦ってお腹が空いていたのだ。

「さあ、俺達も食おう。明日も長いから、しっかり食べて、ゆっくり休んでくれ」

タクマ、ルーチェ、チコもテーブルに並べた大量の屋台料理をあっという間に平らげた。

タクマはルーチェとチコに告げる。

「二人は先に眠っていいぞ。ルーチェはテントを使うといい。テントは一つしかないから、悪いがチコはテントの横で寝てくれ」

ルーチェはよほど疲れていたのか、すぐにタクマの言葉に従ってテントに入った。

タクマはそれを見送ったあと、いつも嗜《たしな》んでいるウィスキーとグラスをテーブルに置く。

「タクマ殿？　さすがに夜の見張り中に酒は……」

チコはタクマの行動をいさめようとした。

「ん？　ああ、そうか。軍の常識では交代で見張りをするもんだよな。だけど俺達が野営する時は、見張りなんて立てないんだ」

首を傾げるチコに、タクマは見張りをしない理由を説明する。

「周囲には結界を張るし、そもそも敵が現れれば、守護獣達が瞬時に反応する。いつもの事だから説明し忘れたが、初めから二人には朝まで寝てもらうつもりだったんだ」

それからタクマはテントを中心に半径５ｍほどの結界を発動させた。ついでにテント内に遮音を施す。これで中にいるルーチェが、外の音に起こされる事もないだろう。

チコはますますぎょっとする。

「なっ⁉　結界魔法を休息のためだけに使われるのですか？」

結界は魔力を消費するものなので、普通戦闘時以外には使わない。

「まあ、そんなわけで見張りは必要ない。ゆっくり朝まで休んでくれていいぞ」

チコは、さすがに苦笑いを浮かべる。タクマは当然の顔をしているが、その魔力量は計り知れないものなのだろう。

「今のを見てしまったら、眠れそうにありませんよ」

「そうか。じゃあ、寝酒につき合うか？」

タクマはアイテムボックスからグラスを一つ取り出し、チコに投げる。

受け取ったチコは、迷いながらもタクマの対面に座った。チコは今日タクマ達を見て、どうしても聞いておきたい事があったのだ。

本来なら任務中に酒を飲むなど言語道断なのだが、チコが抱いた疑問は素面《しらふ》で口にできるものではなかった。

「いいね。つき合いのいい奴は嫌いじゃないぞ」

タクマは自分とチコのグラスにウィスキーを注いだ。そこから他愛のない話が始まる。

最初はチコが軍に入ったきっかけからだった。彼は小さい頃に住んでいた町で、盗賊に襲撃された経験があった。その時、軍の兵士達が盗賊を討伐するのを見て、兵士に憧れたそうだ。成人するまで厳しい訓練を受け、競争率の高い軍の採用試験を受けたという。

「へえ？　一般人からの採用は狭き門じゃないか？」

「そうでもありません。小隊長以上の要職には就けませんが、王国兵の七割近くが一般人です」

話していると酒が進む。三杯目が注がれる頃にほど良く酔いがまわり、チコは気がかりだった質問を口にする。

「タクマ殿。変な事を聞いてもいいですか？」

「ん？」

チコが居ずまいを正したのを見て、タクマは不思議そうな顔をする。しかし、チコの真剣な眼差しを受けて、静かに耳を傾ける事にした。

チコは思いきって聞く。

「タクマ殿は国を支配しようと思った事はないのですか？」

チコは、守護獣達の強さに加え、タクマの実力をもってすれば、国を征服するのも容易だと思ったのだ。

するとタクマは、心底げんなりした調子で答える。

「え？　国を？　嫌だね。なんでそんな面倒な事をしなくちゃならないんだ」

チコからすると、思ってもみない言葉だった。

これだけの能力がありながら、国から特定の職を与えられているわけでもなさそうなタクマの存在は異質だった。だからこそ、そういった野心を持っていてもおかしくはないと考えたのだ。

チコはタクマに告げる。

「権力を持てば、何もかもタクマ殿の思うままです。そういう欲求はないのでしょうか？」

確かに、タクマならそれも不可能ではない。しかしタクマは、絶対にそんな事はしたくないと口にする。

「俺は自分の守りたいものしか守りたくない。知らん奴に対する責任まで負うほど、善人じゃないんだ。俺は自分が大事だと思う奴らを守れれば、それでいいし、やりたくない」

タクマはグラスを傾け、酒をあおった。

「俺の行動は、基本全部がそれだけだよ。今回だってそうだ。家族や仲間が平和に楽しく暮らすのに必要だと思う事をやるだけさ。それ以外は手がまわらん」

タクマのダンジョン攻略が、あくまで家族や仲間のためを考えたものだと理解したチコは、大きく息を吐く。そして、一気にグラスを空ける。

タクマはその様子を楽しげに眺め、チコという同行者について思いを巡らせる。

（面白い事を考えるもんだな。命令を遵守《じゅんしゅ》するだけではなく、疑問があったら腹を割って聞いてくる人間は貴重だ。それに、俺達の力が国にも影響を及ぼすほど危険なものだとも理解している。ダンジョン攻略の間だけでなく、長くつき合っていきたいと思える奴だ）

タクマが空になったチコのグラスに酒を注ごうとすると、チコは手をグラスの上に置き、首を横に振る。

「これ以上は明日に差しつかえそうです。私もそろそろ休ませてもらいます」

笑みを浮かべてそう言い、チコは席を立った。

「そうだな。今日はこの辺にしておくか」

タクマはアイテムボックスから毛布を一枚取り出し、チコに投げ渡した。

「ありがとうございます。お借りしますね」

テントの横に移動したチコは、タクマに借りた毛布に包《くる》まって目を閉じ、心の中で思う。

（噂では容赦のない方と聞いていたが、思いやりのある人だったな……しかし、まさか面倒という返答をもらうとは思わなかった）

チコは先ほどのタクマとの会話を思い出し、笑みを浮かべた。

（それに守護獣達……強いのはよく分かっていたが、あれほど人と心を通わせ合う存在だとは。たった一日ともに過ごしただけで、頼もしいだけでなく、かわいらしいとすら感じる時もあった。攻略を始めた頃は、恐ろしいとばかり思っていたが……）

そのうちに、いつの間にかチコは眠りについていた。

翌朝――テーブルセットに突っ伏して寝ていたタクマは、顔を舐められる感触で目覚めた。まぶたを開けてみると、ヴァイスとゲールが舐めて起こしてくれているのだった。

「ん……？　もう朝か……みんなおはよう。今日も一日頑張っていくか」

タクマは二匹を撫でると、朝食の準備を始める。とはいえ、そこまで時間をかける気はない。アイテムボックスに入っているパンにハムを挟み、コーヒーを淹れるだけだ。守護獣達には焼いた肉を出してやる。

準備を進めていると、目を覚ましたチコがやって来た。

「おはよう。ちゃんと寝れたか？　とりあえずコーヒーでも飲んで待っていてくれ」

寝起きのチコにコーヒーを渡すと、タクマはテントの遮音を解除して声をかける。

「ルーチェ、朝だぞ！　そろそろ起きてくれ！」

テントの中からモゾモゾと物音がする。そして、ルーチェが大慌てで飛び出してきた。

「す、すみません！　寝過ごしました！」

おろおろするルーチェに、タクマはコーヒーの入ったカップを差し出す。

「大丈夫だ。昨日ルーチェには言ってなかったが、夜の見張りは必要ないんだ」

タクマは昨夜チコにしたのと同じ説明を、ルーチェにも伝えた。

ルーチェはチコと同じように驚いてはいたが、夜通し結界を張り続けられる事について、また根掘り葉掘り質問するような事はなかった。

「……分かりました。ですが、見張り役が必要な時は言ってくださいね」

コーヒーを受け取ったルーチェは、自分の寝癖を手櫛《てぐし》で直し始める。それでもまだ所々髪の毛が跳ねているが、見た目にこだわりがないのか気にも留めない。

まだ跳ねているとタクマに指摘されても、ルーチェは笑って言う。

「いつもの事ですよ。研究中に着飾っても仕方ないし、ましてや今は野営中ですから」

タクマはため息を吐くと、櫛を出して手渡す。

「確かにそうかもしれんが、これで手櫛よりマシになるんじゃないか」

「ありがとうございます。じゃあ、お借りしますね」

ルーチェは椅子に座り、髪の毛を梳《と》かして身なりを整える。

それが終わったところで、ちょうどテーブルの上に朝食の用意が整った。

「じゃあ、朝飯にしよう。アイテムボックスからあり合わせを出しただけだけどな」

タクマが二人に食べるように促すと、ルーチェは祈りを捧げてから食事を始める。

チコは昨日から驚いていたと言って、軍が野営する際の食事事情をタクマに話す。通常の野営では、保存の利く硬いパンと干し肉で済ませるそうだ。

「なるほどな……でも飽きるだろう？」

「ええ、野営が続くと本当にうんざりします。ですが、自分にとって旅とはそういうものでした。こうして簡単でもまともな食事を食べられるのは、限られた身分の人だけなのでしょうね」

「うーん。言われてみればそうかもしれないな。まあ、夜の見張りがいらないのと一緒だ。今回は俺の提案で二人が立会人になったわけだし、楽できる部分はしてくれ」

そんな事を話しながらタクマ達は食事を済ませた。

「さて、片付けも終わったし、行くか。二人とも準備はいいか？」

「「はい！」」

ルーチェとチコの返事を聞いて、タクマは守護獣達に進むよう促す。

守護獣達は昨日あれだけ戦ったにもかかわらず、元気いっぱいに歩き始める。

こうして三人と守護獣達は、攻略を再開した。

道中は相変わらず順調だった。徘徊《はいかい》するモンスターはどんどん強くなり、数も増えた。だが、守護獣達は難なく撃破する。

守護獣達のすごさは昨日たっぷり観察したので、チコはもちろん、ルーチェも落ち着いて見守る。

しかし実のところ、ルーチェには少しずつ気の緩みが出ていた。

タクマとともに過ごすうちに、思いのほか話せる相手であると分かった。すると威圧された時の恐ろしい印象は徐々に薄れていった。加えて、戦闘の危険に晒される事も全くない。

そこでルーチェは守護獣達が戦う傍らで、タクマに質問し始めた。最初のように詰め寄ったりはしないが、任務から気が逸れているのは確かだった。

初めはチコに注意されるとやめていたのだが、次第にそれにも慣れてしまったのか、制止されても無視するようになった。

「タクマ様、さっきのヴァイスの魔法はなんでしょう？」

それが何回も重なり、さすがにタクマも許しておけなくなった。

しかし、先に怒りを爆発させたのはチコだった。

「いい加減にしないか！」

チコの怒声に、ルーチェは体をすくめた。しかし、すぐに語気を強めて言い返す。

「な、何よ！　私達は安全じゃない！　あれだけ守護獣達が強いんだから、質問する余裕くらいあるでしょ⁉　それに、立会人として守護獣に興味を持って何が悪いっていうの⁉」

「あなたの任務は自分の知識欲を満たす事じゃない！　ここは一歩間違えば全滅の危険もあるダンジョンだ。そこを守護獣達のおかげで進めているのに、戦いをきちんと見もしないとはどういう事なんだ！」

ルーチェは言葉に詰まる。立会人本来の任務から脱線していたのは事実だった。

チコは更に続ける。

「だから気が付かないのだろうが、あなたが戦闘中タクマ殿に質問するたび、守護獣達の集中力が乱れている！　味方が戦いの足を引っ張っている状況を見て、黙っていられるか！」

タクマは驚いた。チコが守護獣達の微妙な変化を見抜いていたからだ。

（へえ……ちょっと見ただけだと分からないレベルだと思ったんだけどな）

タクマは守護獣達がピンチに陥らないよう、常に臨戦態勢で見守っている。

だから守護獣達は今まで安心して戦っていた。ところが、ルーチェがタクマの邪魔をし始めたので、それが気になって戦闘の連携に微妙なズレを起こしたのだ。

感心するタクマをよそに、チコはルーチェに告げる。

「守護獣達がタクマ殿にとって、かけがえのない存在なのは分かるだろう!?　しかし先ほどの状況では、集中力を欠いた守護獣が致命的な攻撃を受ける事もあり得た。そうなれば、あなたを指名したパミル王……いや、パミル王国とタクマ殿の間に決定的な溝ができてしまうんだ！」

「そ、そんな……！　私は、そんなつもりだったわけじゃ……」

ルーチェは青ざめて口にしたが、チコの表情は厳しい。

「研究熱心も、時と場所をわきまえなさい。隊長からはお目付け役を頼まれましたが、ここまでご自分の役割を真剣に捉えられず、任務を軽んじる方だとは思いませんでした。もしあなたがこれ以上タクマ殿や守護獣達の邪魔をするなら、私はあなたを排除します」

チコはルーチェの失態を重く見ていた。立会人として不適切であるだけでなく、王国に不利益をもたらしかねない危険な存在だと考えたのだ。

チコは剣に手をかけ、殺気を隠そうともせずルーチェに向ける。

まともに殺気を受けて、ルーチェは逃げ出す事もできずに、ガタガタと震えて俯く。

「……チコ。もうその辺でいい」

タクマはチコに近付くと、剣の柄《つか》を押さえた。

「タクマ殿……」

「ルーチェもさすがに今ので分かっただろう。これで分からなかったらもう救いようがないさ」

そう言われて、チコは剣を鞘に納める。

タクマはルーチェに振り向き、一言だけ告げる。

「ルーチェ、チコが言った事が全てだ。次はない。攻略途中でもパミル様にお前の解任を頼む」

それはルーチェが地位を失い、国を追われる事を意味していた。

タクマはチコを連れて、黙ったまま守護獣達のもとに向かった。

そして——これ以降、ルーチェが戦闘中にタクマに話しかける事はなくなった。
守護獣達は戦闘に集中できるようになり、ダンジョンの攻略速度がぐんと上がった。

「さすがに大人しくなってくれたようだな……」

次の階層に移動しながら、タクマが呟く。

するとタクマの中にいるナビが、ぷりぷりしながら言う。

(戦闘の邪魔をするなど言語道断です。いくら守護獣が強いとはいえ、ここは最難関ダンジョンです。もしヴァイス達が怪我でもしたら、私が許しません)

先ほどのルーチェの行動には、ナビも我慢できなかったようだ。

(まあ、そう言うな。今度という今度こそ、ルーチェも反省してくれただろう。ほら、戦闘時は離れているし)

タクマはナビをなだめながら、次の階層について尋ねる。

ナビによると次の階層では、敵の反応が一体だけだという。

(次の階層はマスターが戦ってはいかがですか？　守護獣達がやっても結果は同じですが、みんなは思う存分動きましたし、スッキリできたでしょう。守護獣達のストレス解消もいいですが、同行者の方々はマスターの実力を見ていません)

ナビの言う通り、タクマはダンジョンで一度も戦っていない。ルーチェもタクマの力の一端くらいは分かっているだろうが、立会人の任務はダンジョン攻略についての報告だ。このままではおそらく、タクマの事は何も触れられないだろう。

(家族に危害を加える輩が出ないよう、けん制するのが一番の目的だからな。俺の事はもう十分に

知られてるからいいと思ってたが、報告って形ではっきり残るなら、俺も戦った方がいいかもな）

（それがいいと思います。万が一守護獣達の強さのみが伝わって、マスターは見ていただけなどと捉えられてはたまりません。どうせ報告してもらうのですから、強力な守護獣を制御できる、より強い力がマスターにあると見せつけましょう。それでこそ立会人を依頼した意味があります）

そこでタクマは、早速守護獣達に声をかける。次の階層は自分にやらせてほしいと言うと、快く譲ってくれた。

タクマは守護獣達を撫でながら、後方にいるチコとルーチェに告げる。

「次の階層は俺が戦う事にした。二人の護衛には守護獣達がつくから安心してくれ。でも、変な好奇心を抱いてヴァイス達にちょっかいを出すなよ」

二人はタクマの注意に頷いた。

今度はタクマが先頭になり、次の階層への長い階段を下る。守護獣達がチコとルーチェの前後を挟む形でそれに続いた。しばらく階段を下りていくと、ようやく次の階層に到着した。

そこには50ｍ四方ほどの開けた空間があり、中央に身長３ｍほどのミノタウロスが立っていた。ナビの予測通り、いるのはその一体だ。しかし一体だけで他の一階層分の実力がある事を、その場の誰もが感じ取っていた。

侵入者が現れたというのに、ミノタウロスは微動だにしない。堂々とした立ち姿でタクマ達を見据えている。仁王立ちするその様子は、立ち合う相手が名乗り出るのを待っているようだった。

「お前達はここで待機だ。一応結界は張っておくからな」

タクマはそう言うと、全員を範囲指定して結界を施す。

ミノタウロスを見たチコが、震えながらタクマに警告する。

「タ、タクマ殿……あれはただのミノタウロスではありません！　本来、人間がかなう相手では……」

「へえ？　普通じゃないって事は強いのかな？」

タクマはそう冗談めかして言うと、ミノタウロスを鑑定する。すると、次のような内容が現れた。

種族　：エンペラーミノタウロス
危険度：SS

鑑定には、ミノタウロスの王であり、危険度は最高ランクであると表示されていた。

鑑定結果を見て気を引きしめたタクマは、久しぶりにアイテムボックスから天叢雲剣《あめのむらくものつるぎ》を取り出す。

天叢雲剣は、王都が邪神に支配された際、瘴気《しょうき》を祓《はら》うアイテムとして、ヴェルドから渡されたものだ。実物の天叢雲剣ではなく、その時に作られた本物のコピーである。ちなみに話す事ができる。

『よう、タクマ。やっと外に出してくれたな。暇すぎて退屈だったぞ』

出して早々に嫌味を言う天叢雲剣に、タクマは苦笑いを浮かべる。

「悪いな。まあ、暇つぶしくらいにはなると思うぞ。ほら、相手はミノタウロスの王様だ」

『いい面構えじゃねえか。ちょっとは遊べそうだな。タクマ、分かってるよな？　魔力は……』

「ああ、必要ないんだろ？　今回はお前の切れ味を試させてもらうよ」

以前天叢雲剣を使ったのは浄化のためで、魔力の触媒として利用した。なので実際の切れ味は、タクマにも未知のままだ。

『ぬかせ。誰に言ってる。俺は切れ味も最高だってとこを見せてやる』

タクマはやる気満々の天叢雲剣の切っ先をミノタウロスに向ける。そして自分の魔力を解放しながら歩き出した。

すると今まで身動き一つ取らなかったミノタウロスの目が妖《あや》しく光る。タクマが自分の相手だと認識したのだろう。

「ブルルルル……」

ミノタウロスは、背負っていた大きな斧を振りかぶる。そしてタクマが自分の間合いに入った瞬間、力いっぱい振り下ろした。

タクマはそれを半身になって躱《かわ》すと、天叢雲剣でミノタウロスの頭に生《は》えた角《つの》付近を薙《な》いだ。ミノタウロスの右の角が、なんの音も立てずに切断され、滑り落ちる。

次の瞬間、切り落とされた角のつけ根から大量の血が噴き出した。

「ギュオオオー！」

ミノタウロスは出血と痛みで悲鳴をあげる。あまりに一瞬の事で、ミノタウロスは何が起きたのかも分からないようだ。怒りの目でタクマを見据えると、やみくもに攻撃を始める。

「おっと……そんな大振り当たるわけないだろ」

普通の冒険者なら一撃でも食らえば即死するだろう。しかしタクマは軽やかなステップで攻撃を躱していく。

『当たるなよー？　さすがのお前でも、食らえばダメージはあるだろ』

「あんな適当な攻撃を食らうはずないだろ。それより、お前こそ折れたりするなよ」

タクマは天叢雲剣と軽口を叩き合いながら、ミノタウロスの攻撃を至近距離で躱し続ける。

「ね、ねえ……人間にあんな動きできるものなの？」

離れた地点から見ていたルーチェは、信じられないといった様子でチコに尋ねる。

タクマが攻撃を躱す光景を、チコも唖然とした表情で見入っていた。

「できない、と言いたいところですが、実際目の当たりにしていますからね。これがタクマ殿の実力……あの表情を見ると、まだまだ余裕がありそうですね」

天叢雲剣がタクマに決着をつけるよう急かす。

『なあタクマ？　こんな相手、とっくに勝負を決められんだろ？　俺はいい加減飽きてきたぞ』

タクマは天叢雲剣に向かって、立会人に自分の実力を報告させるため、あえてすぐにトドメを刺さずに戦いを長引かせている事を話した。

『だけど、こいつの攻撃を避けるだけでも、お前の規格外な力は分かると思うんだけどな。そもそも俺を出さなくても、お前だけで倒せたんじゃねえのか？』

「お前の言う通り、俺のみで戦っても実力は分かってもらえただろうな。だけど、俺はお前という切り札を知られてもなんの影響もないってところまで見せておきたいんだ」

せっかく報告されるのだ。手の内を晒すほど、こちらには余裕があると、タクマは理解させたかった。

『そう言われてみれば効果的かもしれんが……それでも俺まで戦う必要はないと思うけどな』

天叢雲剣はそう言うと、ルーチェとチコの方を見るようにタクマを促す。

タクマが視線を向けると、二人は驚愕の表情を浮かべながら呆然と戦闘に見入っていた。

「……まあ、お前を出したのは確かにやりすぎだったかもしれんが、まだ仕上げもある。相手がエンペラーミノタウロスなら、お前の切れ味もアピールできるだろ？　俺の能力とお前の力が知られるようになれば、ちょっかいを出してくる奴は確実に減る。できないなんて言わないよな？」

『はあ!?　誰に言ってんだ、誰に。あんなの一刀で切り伏せてやるぜ』

タクマが天叢雲剣と話している間にも、ミノタウロスの攻撃は激しさを増す。だが、タクマは相変わらず身体能力だけで、全ての攻撃を躱していた。

「さあ、これ以上だらだらと続けても仕方ないな。そろそろ決めるか」

近距離で攻撃を避けていたタクマは、後ろに飛んでミノタウロスから距離を取った。そして抜き身にしていた天叢雲剣を鞘に納める。

チコは、戦いの流れが変わった事を察知し、見逃さないようルーチェに伝える。

「……そろそろタクマ殿がトドメを刺しますよ」

「え？　攻撃が激しいから、後ろに避難したんじゃないの？」

「違います。タクマ殿の様子をよく見てください。汗一つかいていません」

ルーチェの背筋を冷や汗が伝う。

「認めたくはありませんが、タクマ殿が動けば、パミル王国の全軍をもってしても、何もできずに殲滅されるのが想像できます。あ……タクマ殿が動きますよ。見逃さないようにしてくださいね」

チコはそう言って、タクマを指した。


タクマは右足を半歩前に出して腰を落とした。天叢雲剣に右手を添え、自分に身体強化をかけてミノタウロスが動くのを待つ。

先ほどまでと違うタクマの雰囲気に気圧《けお》されて、ミノタウロスも攻撃の手を止めた。

互いに動かないまま時が流れたが、先に我慢できなくなったミノタウロスがタクマを襲う。

「ぶもーーーー！」

ミノタウロスが斧を大きく振り上げて叫び声をあげた瞬間——タクマは一気に距離を詰める。天叢雲剣を鞘から滑らせ、ミノタウロスを切り上げた。

タクマの攻撃を受けても、ミノタウロスは斧を振り上げたままでいる。はた目にはタクマの刀が空《くう》を切ったかのように映っただろう。

しかしタクマが納刀すると、ミノタウロスは頭からずれ落ちた。

「嘘……見えなかった……」

タクマの動きが追えなかったルーチェが呟いた。だがルーチェと違い、チコには辛《かろ》うじて見えていた。あまりの太刀筋の鋭さに、ミノタウロスの肉体が切れるのが一瞬遅れたのだ。

「タクマ殿自身の能力もすさまじかったが……あの刀、恐ろしいほどの切れ味だ。ミノタウロスを一刀両断とは……」

二人はそれぞれ、タクマの規格外な実力に震撼《しんかん》していた。

タクマは天叢雲剣にクリアをかけて納刀する。今回は二人に戦いぶりを見せるため、あえて動きを遅くした。

タクマは二人の表情を見て、ある程度の効果があったと分かった。

「いい切れ味だったな。今回は助かったよ」

『ああ、久々に俺も楽しめた。だが、今度出す時はもうちょっと歯ごたえのある奴相手に頼むぜ』

天叢雲剣をアイテムボックスに戻すと、タクマはルーチェ達の方へ歩き出した。

「ひっ……！」

近寄ってくるタクマの姿を見たルーチェは、妙な悲鳴をあげて気絶してしまった。

「ん？　……あ、返り血か」

タクマは普段、返り血を浴びる事はないが、今回は二人が目視できるギリギリまで速度を落として動いたので、倒した時に血を浴びている。それがルーチェの恐怖を誘ったのだろうとタクマは考えた。

彼は申し訳なさそうに自分にクリアを施して言う。

「悪いな……いつもならこんな事はないんだけど……」

チコはそんなタクマを呆然と見つめながら、ルーチェの体を支えていた。

21　ラスボス前

タクマがミノタウロスを倒して数日――一行はダンジョンの最下層に到達していた。目の前には美しく装飾された扉がある。ここを開ければダンジョンの主が待っているはずだ。

ところがここに来て、ルーチェとチコが明らかに消耗した様子を見せていた。今までタクマ達のペースに遅れずついてきたのだが、限界を迎えたのだろう。

はた目で見ても顔色の悪い二人に、タクマは体調を確認する。

「私はちょっときついです……」

「私もかなり疲労が溜まっていますね。ただ、動けないほどではないです」

ルーチェに続いて、チコが答えた。

特にルーチェは任務の重圧に加え、経験のない野営を繰り返したのがこたえたのだろう。かなり辛そうにしている。

タクマは周囲の気配を確認する。最下層の扉の向こうを除いて、敵の気配はない。

今日はここで野営する事に決め、その場にテントとテーブルセットを広げる。

「ルーチェもチコも、ペースを落とせとも言わずに、よくここまでよくついてきたな。扉の向こうがゴールだ。いったん休息をとってから、ダンジョンの攻略を終わらせよう」

タクマは二人に声をかけながら、食事の準備を始めた。といっても、異世界商店から仕入れるだけなので、大した手間ではない。

(さて、明日はいよいよボス戦だ。しっかりと力のつくものがいいな)

タクマはテントの陰でスマホを取り出し、異世界商店を起動させた。

［魔力量］　　　　　　：∞
［カート内］
・チーズスタミナ丼（味噌汁つき）　肉飯増し　×20　：2万
・チーズスタミナ丼（味噌汁つき）　並盛　　　×1　：800
［合計］　　　　　　　　　　　　　　　　　　　　：2万800

手早く決済すると、丼をテーブルに運ぶ。するとニンニクと醤油《しょうゆ》の強い香りが、周囲に広がった。

ルーチェとチコは嗅いだ事のないうまそうな匂いに、思わず喉を鳴らす。

「明日は決戦だ。精がつくものを用意したぞ」

タクマはそう言いながら、チコには肉飯増しのチーズスタミナ丼セット、ルーチェには並盛のセットを配った。

タクマの前に行儀良く並んで待っている守護獣達にも、すぐに丼を配ってやる。

「じゃあ、早速食べるか！」

タクマの号令とともに全員一斉に食事を始めた。

守護獣達は、言葉もなく夢中でむしゃぶりついている。

「……！（うま！　父ちゃんこれうまっ！）」

「……！（ニンニクがすごい効いてるー！）」

「……！（すごいインパクトのどんぶりですね！　力がつきそうです！）」

「……！（タレがご飯に染みてウマー）」

「……！（牛丼もおいしかったけど、こっちの方が好きかもー）」

「……！（……濃いけどニンニクの匂いでどんどんとご飯が進む……）」

守護獣達はみんな、インパクトのあるチーズスタミナ丼の味が気に入ったようだ。

チコとルーチェも初めて食べるジャンクな味が新鮮なのか、食が進んでいる。

タクマはみんなの様子を満足そうに眺めながら、自分も食事を始めた。

日本にいた時は仕事終わりによく寄った店のメニューだ。記憶と変わらない暴力的なニンニクと醤油の香りが食欲をそそる。

タクマは丼に口をつけると、豪快にかき込む。更に肉の上で溶けたチーズと合わせて食べれば、口の中は肉と脂のハーモニーで溢れる。

（これこれ！　このジャンク感がたまらないんだよ。さすがにこの丼は家族達に出せないし……）

家族達にあまり味の強くこってりした……要は不健康な食べ物を出すのを避けていたタクマは、ここぞとばかりに懐かしいスタミナ丼の味を堪能する。

全員喋るのも忘れて、あっという間に完食していた。

タクマは、ルーチェが嫌がるかもしれないと考えていたが、彼女はむしろ喜んで味わってくれた

ようだ。

「ふう……おいしかったです……」

ルーチェはそう言って幸せそうな顔で、空になった丼をタクマに返した。

「こんなに刺激の強い味は初めてでした」

チコもすっかり満足した顔で言う。丼物の便利さにも感心したようで、タクマに向かって告げる。

「それに食器が一つなのも効率的でいいですね」

「丼物は労働者が手っ取り早く食事をとるために考えられたらしいからな」

タクマはそう言いながら、チコからも食器を受け取った。

今度は守護獣達の様子を見る。相当おいしかったのだろう。全てきれいに平らげていた。

タクマは食器を全て回収し、クリアの魔法をかけてアイテムボックスにしまった。

「ただ、このスタミナ丼は、食後に臭《にお》いが残るのだけが問題なんだよ。まあ、こっちにはクリアの魔法があるから便利だけどさ」

タクマは自分を含めた全員にクリアをかけ、口臭を浄化した。

こうして食事が終わったところで、タクマは改めてみんなに声をかける。

「さあ、早めに寝るぞ。ルーチェはいつも通りテントを使ってくれ。たっぷり休んで、明日に備えよう」

ルーチェは自分でも体力の限界だと自覚があったのだろう。すぐにテントへ潜り込んだ。よほど疲れていたのか、入った途端に寝息が聞こえ始めた。

「さて……今日が最後になると思うから、またどうだ？」

タクマはチコに声をかけた。そしてアイテムボックスから、とっておきのウィスキーを取り出す。

ここまでルーチェのお目付け役という大変な役目をこなしつつ、適切な行動を取ってきたチコに対して、せめてもの感謝のつもりだった。

「いいですね……おつき合いさせていただきます」

チコはにっこりと笑うと、タクマの対面に座る。そしてこれもアイテムボックスから出してあった、グラスを受け取った。

お互いのグラスに酒を注ぎ合うと、二人とも一口で飲み干した。

「ふう……今回の任務はどうなる事かと思いましたが、この酒を飲めただけで報われた気分になります」

そう言ってグラスを置くチコに、タクマはおかわりを注ぎながら話し始める。

「チコがいたおかげで、ルーチェは任務を果たしてくれるようになった。俺が我慢できなくなった時に、お前が代弁してくれたからな。感謝してるよ」

「代弁なんて……私は思った事を口にしたまでです。それにタクマ殿の事も、守護獣達の事も、知れて良かった事ばかりです。今回の任務は私の価値観を大きく変えるものでした」

冷静なチコがそこまでこの任務に思い入れを抱いていたのが、タクマには意外だった。

そして、翌日──


「よし、行くか！　この階層が終われば家に帰れるぞ！」

野営の片付けを終えたところで、タクマは全員に気合を入れるために大きな声で告げた。

チコとルーチェの疲れも大分《だいぶ》和らいだようで、二人とも引き締まった表情をしている。

一方で、守護獣達はなぜか落ち着かない。ただし、緊張しているという感じではない。この扉の向こうが楽しみで仕方ないといった、わくわくした様子だ。

「ヴァイス、なんでそんなに嬉しげにしてるんだ？」

気になったタクマはヴァイスに尋ねた。

しかしヴァイスをはじめとした守護獣達は、全員が内緒だと言って教えてくれない。

「アウン！（見てからのお楽しみー）」

「ミアー（きっと驚くよー！）」

「ピュイ……（今は言えないのです。ですが悪い事ではないと思いますので……」

「キキキ（ひさしぶりだなー。今度こそ勝ちたいなー）」

「クウ（僕はちょっと怖いなー。でも、みんなが大丈夫っていうし……）」

「……（……今すぐにでも逃げたい……でも……見てみたい気も……）」

みんなの口ぶりから、タクマにもなんとなく事態の予想がついた。だが、ヴァイス達がなぜ確信を持てているのかだけが気になった。

彼がここにいるはずはない。ここはあそことは違うダンジョンだ。

「守護獣達みんなが言うなら本当なのかな？　彼の能力は、俺も見ていないし……」

タクマは、扉を開けるのを躊躇《ためら》った。もし彼が本当にこの場に来ているのなら、自分や守護獣達は大丈夫にしろ、後ろに控えているルーチェとチコが心配だ。

「どうしました？」

「タクマ殿？　何か気になる問題でも？」

ルーチェとチコはタクマが躊躇《ためら》っているのを見て、早く行かないのかと急かす。長かったダンジョン攻略をようやく終えられるのに、二の足を踏む理由が分からないのだ。

「……いや、守護獣達から気になる事を言われてるんだ。いつもなら敵を確認してから結界を張るが、今回はこの場で張らせてもらうぞ」

ルーチェとチコが耐えられないと困るので、タクマいつもとは違う結界を施す事にした。

彼の威圧や魔力に耐えられるようにイメージを構築し、二人の体自体に付与する。

普段通り周囲に張っても変わりないだろうが、結界の範囲から動けないのは酷だと思ったからだ。

彼は常識があるので二人には手を出さないだろうが、念のためだ。

「もしかして周囲に結界を張るのではなく、私達の体に付与したんですか？」

さすがにルーチェは宮廷魔導士なので、タクマが何をしたか気付いたようだ。

「うっすら体が光っていますが……」

チコは自分の体が淡く発光しているのを、慣れない様子で見つめている。

「ルーチェの言う通り、付与したんだ。おそらく部屋の先にいるのは、お前達が卒倒するような相手だと思う。だから威圧や魔力への耐性を上げるために付与を行った。でもなルーチェ、絶対に相手の魔力を見ようなんて思うなよ。おそらく俺の魔力を感知した時みたいに恐怖で錯乱《さくらん》するぞ」

タクマはそう言ってルーチェに釘を刺しておく。そうしないとルーチェは探求心に耐えかねて、強さを測ろうとするだろう。

いつになく真面目な表情で警告をするタクマに、ルーチェも真顔で頷いた。

チコも、これまで以上に緊張感をみなぎらせる。

「よし。二人は覚悟してくれよ。じゃあ……行くか」

タクマは最下層の扉に手を触れると、慎重に魔力を流していく。扉の縁が少しずつ青く光り始める。光の強さが一定になると、ゆっくりと扉が開いていく。

そして扉の先では——ドラゴンが頭を下げて眠っていた。

大きさが違う二体のドラゴン、その懐かしい姿を見た守護獣達は、ブランとレウコンを除き、一斉にドラゴンに向かって駆けていく。

ルーチェは、タクマの指示もなしにドラゴンへ突っ込む守護獣達を見て思わず叫ぶ。

「あ！　危ない！」

いくら守護獣達が強いとはいえ、相手はドラゴンだ。ドラゴンは一体でも国を瞬く間に滅ぼすという。迂闊《うかつ》に近付けば、いくら守護獣達でも無事で済むか分からない。

しかしルーチェの声が耳に入らない様子で、守護獣達はドラゴン目がけて突き進む。

『んん……この魔力は……ようやく来た……ぐおっ!!』

小さい方のドラゴンは守護獣達の接近に直前に気付いた様子だったが、四体の守護獣達に思いきり体当たりされ、衝撃で吹っ飛ばされてうめき声をあげる。

その騒ぎに目を覚ましたらしきもう一体が、守護獣達に話しかける。

『……おお……ヴァイス達ではないか！　大きくなったのう！』

「アウン！（おっちゃん、久しぶりー！）」

「ミアー（おじちゃん何してるのー？）」

「ピュイ（お久しぶりです。お元気そうですね）」

「キキキ（ここはおじさんの別荘？）」

守護獣達は大きいドラゴンに近寄ると、一斉に話しかける。ドラゴンはそんな守護獣達を微笑ましく眺めている。

タクマも傍に歩いていくと、ドラゴンに声をかける。

「久しぶりだな。なぜここにいるかは知らんが元気だったか？　エネル」

ダンジョンの最下層にいたのは、ヴァイス、ゲール、アフダル、ネーロの師匠ともいえるドラゴン——エネルだった。ヴァイス達に体当たりされたのは、エネルの部下であるハンネだ。

『タクマも元気そうだな。しばらく見ぬ間に良い顔になったではないか。出会いがお前を変えたのかな？』

タクマの表情が丸くなっているのを見て、エネルは嬉しそうに言う。

タクマは照れながらその通りだと頷いた。

『良き事だ……で、なんでここにいるかだったな。その答えは一つしかない』

エネルの言葉に、タクマは深いため息を吐いた。

「ヴェルド様か……？」

エネル達は元々別のダンジョンのボスだ。それをわざわざタクマの攻略するダンジョンに移動させたとなると、ヴェルドがやったとしか考えられない。ただ、なぜ彼を選んでここに来させたのかはさっぱり分からなかった。

エネルはタクマのうんざりした表情を見て、慌てて説明する。

『タクマよ。我らがここにいる理由は、ヴェルド神に送ってもらったからだ。我らにも少し考えがあって希望したのだ』

「じゃあ、エネル達がここにいるのは、ヴァイス達の息抜きのためじゃないのか？」

タクマが言うと、エネルは大声で笑い出す。

笑うと魔力のエネルギーがそこら中に拡散する。後ろに控えているルーチェは恐怖で気絶し、チコは地面に膝をついてなんとか耐えていた。

その様子に気付いて、タクマは慌ててエネルを止める。

「エネル！　こっちには普通の人間もいるんだ！　少し落ち着いてくれ！」

タクマの言葉に、エネルは大笑いをやめてくれた。タクマは急いでルーチェとチコのもとへ向かい二人を介抱すると、説明はあとでするると告げてから、エネルの足元へ戻る。

『すまん。愉快だったのでな。まさか我がヴァイス達の息抜きに呼ばれたのかと思うとは』

「しょうがないだろ？　ヴェルド様ならやりかねないと思ったんだから。それで、エネル達はなぜヴェルド様に頼んでまでここにいる？」

タクマが尋ねると、先ほどまで快活に話していたエネルが、ごにょごにょと口ごもり始める。

『その……あれだ……我らもウーオ北部のダンジョンに棲《す》み着いて長い。でな？　そろそろあそこを引き払ってどこかに行こうかと思ってな……』

しかし新しい棲《す》み処《か》を求めて外に出れば、人間達に恐怖を与えてしまうと考えたそうだ。だからヴェルドに相談をしたのだという。

タクマと再会する数日前――いつもの神々の空間で、エネルとハンネはヴェルドと話していた。

『……というわけで、我らもそろそろ別の所に居を移したいと思ってな。だからといってむやみに外へ出て探せば、それを見た人間が恐怖するだろう。何かいい案はないかと思って相談に来たのだ』

エネルがそう言うと、ヴェルドは少し考えたあと、笑みながら尋ねる。

「確かにあなた達は存在しているだけで人々に恐怖を与えてしまいかねませんね……ところで、行く場所は決まっているのですか？」

エネルは不機嫌に答える。

『決まっているわけがないだろう。我らは長い間この地に棲んでいて、外の様子などさっぱり分からん』

「そうですか……ではタクマさんの所に行くというのはどうですか？　あそこには火竜達も棲んでますし。タクマさんなら嫌とは言わないでしょう」

『ふむ……ありかもしれん。だが、タクマ達に言わずに行くのはマズくないか？』

さすがのエネルも自分達の思いつきだけで押しかけるのは気が引ける。

「もちろん、事前にタクマさんに相談すべきです。でも、タクマさんは今ダンジョンに出かけているんですよね……そうだ、あなた自身が直接タクマさんにかけ合ってみてください。タクマさんがいる場所までは、私が送りますし」

『そうだな。それが一番いいかもしれん』

エネルもタクマに無理を言うつもりはない。だめなら違う場所を探そうと考えていた。

ヴェルドがエネルの心配を見透かすように声をかける。

「タクマさんなら受け入れてくれると思いますけどね……それはさておき、その姿のままでは色々と不便もあるでしょうから、いいものをあげましょう」

ヴェルドが手を差し出すと、二つの光の玉が現れる。それを放り投げると、エネルとハンネの大きな体に吸い込まれていった。

「それが何か分かるでしょう？　タクマさんの家族は子供も多いですから、きっと役に立つと思いますよ」

エネルは、光の玉が何であるか気付き、納得して礼を言った。

ヴェルドが告げる。

「では、いきなりタクマさんの目の前に送るのは危ないので、最下層に向かってもらいます」

ヴェルドは神力を練り上げると、エネルとハンネは目を瞑って待つ。

「さあ、これで面倒な仕事は終わったし、私は湖畔に戻りましょう！　湖畔の子供達、みんなかわいいのよねぇ～」

転移直前にヴェルドのその言葉を聞いて、エネルはヴェルドに相談したのを少しだけ後悔したのだった。

『……というわけで送ってもらったのだが……どうだろう。我らもお前達の所で世話になるわけにはいかんだろうか』

エネルはそう言って、タクマに頼んだ。

タクマは深いため息を吐いて告げる。

「まあ……家《うち》に住みたいというのは構わないけど、そもそもの理由を聞いていいか？　なんでダンジョンから越したいんだ？」

するとエネルは聞こえるか聞こえないかの声でゴニョゴニョと何かを言う。

『……たのだ』

「ん？　もう一度大きな声で言ってくれないか？」

タクマにそう促されてもエネルは口ごもってしまう。しばらくするとエネルは覚悟を決めたようで、大きな声で言い放つ。

『分かった、分かった。恥ずかしがっても仕方ない……端的に言えば飽きたのだ！　いい加減同じ洞窟の同じ階層で同じ景色を見て暮らすのは、もううんざりなのだ!!』

タクマは、苦笑いを浮かべるしかなかった。

「エネルの気持ちは分かったよ。俺の所に来るのは構わない。だけど火竜のリンドとジュードがいるんだ。同じ森に棲むとしたら狭いかもしれないな」

エネルは首を横に振る。

『タクマの所に行くのを勧められた時に、ヴェルド神から恩恵を授かったのだ。見た方が早いだろう……』

エネルは自分の魔力を練り上げていく。すると、エネルの体が変化を始める。

「おいおい……まじか……」

タクマは唖然としながら見守っていた。

やがてタクマの目の前に現れたのは、濃紺の髪をした人間の青年に変化した、全裸のエネルだった。

タクマの後ろに控えていたルーチェは、悲鳴をあげて目を逸らす。

エネルが告げる。

「ふう……久しぶりにここまで魔力を使ったな……どうだ？　これなら人の家にも住めるであろう？」

「あ、ああ……問題はない……が、とりあえず服を着ろ！」

タクマはアイテムボックスから自分の着替えと靴を取り出し、エネルに投げる。

受け取ったエネルは初めての服に四苦八苦《しくはっく》しながら、言われるままに服を着ていく。

着ている途中、タクマはエネルの人化した肉体を眺めてみたが、いわゆるボクサー体型だった。鍛えられてはいるが、適度に細くしなやかな肉体だ。

「初めて服というものを着たが……動きづらいな……」

服を着終わったエネルが不満そうに訴える。

「まあ、着慣れてないからそう感じると思うが……慣れてもらうしかないな。人間の世界に全裸でいると、即捕まるぞ」

タクマにそう言われて、エネルは納得する。

「確かに……人間の生活に寄り添うなら、そこの流儀に合わせるのも当然か。よし……ともに帰る前に体を慣らさねばなるまい。ハンネ！」

エネルはヴァイス達とじゃれていたハンネを呼び、タクマにもう一着服を頼む。それからハンネに向かって言う。

「ハンネ。これから我らはタクマの家に厄介になる。今のうちに人化に慣れ、迷惑をかけないようにするぞ。幸いお互いに、体を慣らす相手がいる事だしな」

エネルはヴァイスの方へ目を向ける。

ヴァイスはエネルの言わんとする事を理解しつつも念のため尋ねる。

「アウン？（慣らすって運動するんだよね？）」

「そうだ。我らは人間の体に慣れていないから、慣らすのを手伝ってくれ。お前達も思いきり動いてくれて構わんぞ」

エネルの言葉に、ヴァイスをはじめとした守護獣達はとても嬉しそうにはしゃぐ。ハンネが人化を済ませて服を着終えると、エネルはタクマに尋ねる。

「タクマよ、ヴァイス達を借りるぞ。あと、そっちの二人は流れ弾に当たっても耐えられまい。強固な結界を張っておくのだぞ」

タクマは慌てて、チコとルーチェに何重もの結界を重ねて発動させた。

「二人とも、いいか？　これからあいつらが全力で動く。視力が追いつけば、面白いものが見られるかもしれないぞ。まあ、それを見ながらエネル達の事を説明させてくれ」

そう言ってタクマはその場にテーブルセットを取り出し、二人に座るように促す。そして更にテーブルセットの周囲にも結界を施し、二人に話を始める。

「さて……タクマの準備はいいみたいだな。ではこちらも始めよう。ハンネ、ヴァイス達もいいか？」

守護獣達はエネルの体の大きさに合わせて、大型犬くらいの大きさになる。そして魔力を練り上げ身体強化を施す。

ハンネは慣れない人体で屈伸《くっしん》したりジャンプしたりし、体の動きを確認する。

エネルはそれらを確認すると、タクマに向かって言う。

「準備はできたようだな……タクマよ。開始の合図を」

タクマは大きな声で告げる。

「じゃあ、始め！」

まずはハンネが飛び出し、エネルへ迫る。そして腕を大きく振りかぶって殴りかかる。

「おっと、まだ体に慣れておらんようだな。大振りすぎるし、何より足元がおろそかになっているぞ」

エネルは半身になってハンネの拳を避け、軽く足を出してハンネを転ばせる。

「へぶっ！」

勢い余ったハンネは顔面から地面に倒れる。

エネルがハンネに気を取られているのを見て、ヴァイス達は一斉にエネルへ飛びかかる。

「いい判断だ。だが、まだまだ隙が多いな」

エネルは楽しそうな笑みを浮かべながらヴァイス達の相手をする。

ヴァイス達が攻撃をするたびに衝撃波が発生する。

それがタクマの結界にぶつかり、すさまじい轟音が響き渡った。

「きゃあ！」

ルーチェは衝撃波に悲鳴をあげる。

タクマはすぐに結界に遮音を施し、外の音が聞こえないよう対処した。そしてルーチェを落ち着かせてから、口を開く。

「色々言いたい事もあるだろうが、あのドラゴン達――エネルと部下のハンネは敵じゃないんだ。特にエネルは、ヴァイス達の師匠みたいなものだ」

タクマの説明を聞いたチコは驚きを隠せないでいる。

人の言葉を話すドラゴンを見るのも初めてなら、そのドランゴンが人化した事も驚きだ。そのうえ、守護獣達の師匠だという。ルーチェがこの事を王国に正直に報告して大丈夫なのか、チコは心配になった。

チコの思いをよそに、タクマは話を続ける。

「エネル達は、俺達にさえ危害が及ばなければ、むやみに人を攻撃したりしない。ルーチェにはエネル達の事も含めて、包み隠さず報告してほしい」

チコはタクマの言葉に納得して言う。

「威圧感はすさまじいものがありますが、タクマ殿の話は嘘とは思えません……きっとタクマ殿の言う通り、ルーチェ殿の感じたままを報告するのが良いのでしょうね」

一方ルーチェはというと、エネルとヴァイス達の戦いの衝撃で、言葉が出ないようだ。

「……ルーチェ、大丈夫か？　話はちゃんと聞いてたか？」

「は、はい。どうにか頭に入ってます。ですが、今は外の様子が気になってしまって……」

タクマの問いかけにはなんとか答えるが、ルーチェはエネルたちの様子のせいでそれどころではなかった。

結界の外では、ルーチェが視認できないような速度で戦闘が繰り広げられていた。エネルとヴァイス達にとってはじゃれているようなものなのだが、ルーチェにとっては身の危険を感じるものだった。

タクマは気絶しそうな様子のルーチェを気遣いつつ話す。

「まあ、派手に魔法を放ち合っているように感じるだろうが、お互い致命傷にならないようにしてるから大丈夫だ。それよりも、これが終われば城に戻る事になる。立会人としてきちんと報告してくれよ」

ルーチェはもちろんだと頷く。しかし、気がかりそうに尋ねる。

「ですが……タクマ様は私がこのまま報告を行ってもいいのですか？ 道中の事もそうですが、今のヴァイス達に、エネルとハンネでしたっけ？ 彼らの戦闘力を正直に報告すれば、あなた方を危険視する声も出てくると思うのですが……」

ルーチェはタクマ達の立場を心配していた。

するとタクマは笑って返す。

「そんなのは前からだから、気にする必要はないさ。そもそも俺の存在だけでも、国にとっては脅威なんだ。むしろ、敵にまわしたらやばいくらいに思ってくれた方が好都合なんだよ」

タクマは、自分がパミル王国と仲良くしている一番の理由は、家族の安全のためだとルーチェに説明する。

「パミル王国には俺の家族がいるから、国も守る。そこら辺を分かってもらって、友好的につき合えるのが一番だけどな」

ルーチェは神妙な面持ちで頷く。

タクマはヴァイス達とエネルの戦闘に視線を送る。

ヴァイス達の戦闘力はエネルに肉薄《にくはく》するまでになっているようだ。その証拠に、エネルの動きには余裕がなくなっていた。身体強化を使っていてもヴァイス達の攻撃を避けられなくなりつつあるのだ。

「そろそろかな？」

タクマは結界の遮音を解除し、ヴァイス達に大声で告げる。

「ヴァイス！　そろそろ終わりだ！　もう十分だろ？」

エネルとヴァイス達は、速やかに戦闘をやめた。両者とも体全体を使って呼吸するくらい疲労していた。

タクマはヴァイス達にクリアをかけ、休むように指示を出す。ヴァイス達はタクマの近くに来ると、すぐに寝息を立て始めた。

「やれやれ……人の体というのは疲れるな」

エネルはそう言って額から大粒の汗を垂らしながら、タクマの所へやって来る。ハンネも消耗が激しかったらしく、戦闘していた場所で大の字になり、横たわっていた。

タクマは、精一杯戦ったヴァイス達に、誇らしげに目をやりながらエネルに尋ねる。

「どうだ、ヴァイス達は？　強くなっただろ？」

「うむ。これなら危機に陥る事もほとんどないだろう。当初言っていたお前の横に立つ資格も十分にある」

エネルの言葉に、タクマは嬉しそうに頷く。

エネルがタクマに向かって告げる。

「さて、これでダンジョン攻略——もとい、ヴァイス達の気晴らしも終わりなのだろう？　この奥に部屋があるから、そこで必要なものを回収するといい」

エネルが指をさした方向には、大きな扉があった。

（タクマよ、ヴェルド神からの伝言だ。扉の中には転移者である瀬川雄太《せがわゆうた》の遺産とともに、お前達が必要としているアイテムが用意されている。ヴェルド神は、見て驚けと言っていた）

エネルが他の者に聞こえないよう、念話でタクマに伝えてくる。最後に不穏な内容が聞こえた気がするが……タクマは気にしないと決めた。

（分かった。助かる）

エネルとの話を終え、タクマはみんなに最後の部屋へ行く事を告げたのだった。

◇　◇　◇

タクマは、チコとルーチェを伴って扉の前に立っている。

「それにしても、いやに豪華な扉だな……」

目の前の扉はたっぷりと装飾されており、相当な価値がありそうだった。タクマとチコは呆気に取られているだけだったが、ルーチェだけは装飾に何かを感じたのか、扉をじっと眺める。

しばらくして、ルーチェが声をあげる。

「あれ？　これって文字……？　でも、全く読めない……」

「ん？　どうしたんだ？」

扉の上部に文章らしきものが彫られていた。だが、研究者のルーチェも知らない文字で書かれているという。

タクマが見てみると――そこには漢字で『宝物庫《ほうもつこ》』と書かれていた。

「ああ、これは俺達の故郷の言葉だな。宝物庫と書いてあるんだ」

タクマの答えに、ルーチェは目を輝かせる。

実は書かれている文字はそれだけではなかったのだが、タクマは黙っていた。扉にはこうも書かれていた。


――この扉は転移者・召喚者以外、触れるべからず。


以前手に入れた資料によると、瀬川雄太は自分と同じ境遇に置かれた同郷の者達のために、色々なものを遺していた。それが転移者にのみ渡るよう、何かしらの仕かけを扉に施したのだろう。

きっとルーチェやチコが触れていたら仕かけが発動したはずだ。タクマはルーチェが安易に触れなかった事にホッとしながら話を続ける。

「悪いが、今は知識欲を満たすのは後まわしだ。知りたいのなら全てが終わってからにしてくれ。何も、教えないと言っているわけでもないから」

「分かりました……自重します」

ルーチェが納得して下がったところで、タクマは扉に手をかざす。

「さあて……取っ手がないなら、魔力がカギって事だろ」

そう言うと、タクマは扉に魔力を流していく。

すると、扉に施された装飾が輝く。

「タ、タクマ殿……そんな量の魔力を流して大丈夫なので……」

チコが止めようとしたが、ここまでの道中で魔力を無尽蔵に使っていたのを思い出し、言葉を切った。

タクマは更に魔力を流していく。しばらく流し続けていると、扉の光は中心に収束していき、やがてゆっくりと扉が開き始める。

「すごい！　扉自体が魔道具だったんですね！」

ルーチェは目の前の扉が自動で開いていく様を見て、楽しそうな声をあげる。

タクマはルーチェとチコに、扉に触れないように忠告してから、中へ進む。

タクマが中に入った瞬間、空間に違和感があった。

振り向くと、ルーチェとチコが結界のようなものに阻まれて、入る事ができずにいる。

「どういう事だ？　あの二人には見せたくない……いや、ヴェルドミールの人間に見せたくない何かがあるって事か？」

扉に書かれていた漢字の警告といい、宝物庫には何かがあるのだろう。

タクマは、一度結界の外に出る。

「二人とも。ここには特殊な結界があって、俺しか入れないようだ。そこで待っていてくれるか？　知りたい事があれば、あとで話はするから」

二人とも無理に入ろうという気はないらしく、大人しく待つと言ってくれた。

タクマはアイテムボックスからテントとテーブルセットを取り出し、二人に休んでいるように告げると、単身で宝物庫の中に戻る。

その途端、タクマの頭の中に男性の声が響く。

——ここに訪れた同郷の者に告ぐ。この場所に辿りついたという事は、君は相当な力を有しているのだろう。ここにある遺産は君のものだ。だが、頼みがある。君がここに来られたなら、君には自分の身を守る術《すべ》があるはずだ。私の遺産を受け取る権利のある君が、これらをどう扱おうが自由だが、できれば私のわがままを聞いてはもらえないだろうか。

頭に響いた声は、瀬川雄太のものだった。

その内容は、自分と同じ境遇の者達を憂うものだった。突然ヴェルドミールに飛ばされた者達の中には、生き抜くためのスキルをもらえなかった者もいる。瀬川雄太はそういった者達のために色々な武器や道具を作ったという。

彼の願いは、他の転移者や召喚者にそれらを渡してほしいというものだった。

タクマは噛みしめるように、瀬川雄太の声に聞き入る。


――私もまた、力を持たずしてこの世界に飛ばされた。血の滲《にじ》むような修業をし、どうにか生きる力を得られた。だが、そうできた者ばかりではないだろう。きっとそのまま死んでいった者も多いと思う。だからこそ、君に願う。他の同郷の者が力を求めるなら、これらを分けてやってほしい。これは私のわがままだ。だが、私の願いを聞いてほしい。


全てを聞き終わったタクマは、届くはずのない返事を絞り出すようにして告げる。

「分かったよ……その悲願は俺が果たす。もし、俺が進む先に同郷の者達がいたら、俺の判断でこの遺産を譲る。ただ、分かってほしい。同郷の者達が全て善良とは限らないんだ。俺の見る目が完璧とは思えないが、できる範囲で善良そうな奴に渡すとするよ」

タクマが言い終えると、何もない空間にたくさんのアイテムが現れた。

タクマはアイテムの回収を行う。

「さて……かなりの量があるから、この場ではざっと見るだけにしてどんどん回収していこう」

瀬川雄太の遺産は大きな木箱に入っていた。中には鑑定しないとどう使っていいのか分からないアイテムもあるが、時間がかかるので後まわしにする。

整理を手伝うと言って、ナビが出てきた。

「マスター。まずはすぐに鑑定が必要なものと、あとで大丈夫なものに分けましょう。あとにまわすものはアイテムボックスにしまってください」

「了解。じゃあ、しまうものから指定してくれるか？」

タクマが箱を開け、ナビはアイテムボックスに送るものを指定する。

「この箱はしまってください。そちらの箱は確認しましょう」

こうして、どんどんと荷物が減っていく。

残ったアイテムは四箱ほどになっていた。

「ふう……これでひとまず後まわしでいいものは片付きました。残ったのは危険度の高い武器が主ですね」

ナビはそう言うと、タクマの肩の上に座る。

「分かった。じゃあ、順番に確認していこう」

タクマは手始めに、近くにある箱から調べ始める。

「これは……しょっぱなからやばいのが出てきたな」

箱から手に取って見ると、銃だった。携帯しやすいハンドガンと呼ばれるもので、形は自動拳銃だった。


『自動魔法銃（火属性）』

瀬川雄太が地球の武器を模倣して作った銃。

周囲の魔力を集め、銃に付与した火魔法を弾丸として発射する事ができる。

反動は魔法によって制御され、ほとんどない。

弾数には制限はないが、引き金を引くたびに一発しか撃てない。連続して発射できる。

中型のモンスターを瞬殺できる威力を持つ。


威力に制限があるので安心したが、渡す場合は慎重に考えなければいけないだろう。新たな転移者に会った時の事を考えると、頭が痛くなる思いだった。

タクマが頭を抱えていると、ナビは苦笑いを浮かべる。

「マスター。まだ最初ですよ。今から渡す時を考えても仕方ありません。次に行きましょう」

「そうだな。ナビの言う通り、その時に考えよう」

手に取った銃を戻し、箱にある他の銃も鑑定していく。見た目はほぼ同じなのだが、鑑定してみると付与されている属性がそれぞれ違っている。ただ、使い方は共通しているので説明は楽そうだった。最初の箱を確認し終わると、すぐにアイテムボックスにしまった。

「さ、次は何が出るかな？」

タクマは二箱目を調べ始める。

そこにはタクマも所有しているような、狙撃用のライフルが詰められていた。

「今度はライフルか……」

一番上に置いてあったライフルを手に取り、鑑定を行う。


『魔導ライフル（氷属性）』

瀬川雄太が地球の武器を模倣して作った狙撃銃。

周囲の魔力を集め、ライフルに付与した氷魔法を弾丸として発射する。

反動は魔法によって制御され、ほとんどない。

弾数に制限はないが、引き金を引くたびに一発しか撃てない。次の発射は四秒ほどかかる。

大型のモンスターを瞬殺できる威力を持つ。


「……こっちは完全な遠距離用の武器だな。仕様は自動魔法銃と同じっと……」

その箱もライフルのみが詰められていたため、残りの鑑定は省略してアイテムボックスにしまう。

そして次の箱には、日本人に馴染み深い武器が入っていた。

「刀か……これもただの刀じゃないんだろうな……」


『超振動刀』

瀬川雄太がオリジナルで考えた刀。

刀身は魔法による強化が施され、折れない。周囲の魔力を吸収して超高速で振動する。

柄《つか》の部分には魔法で振動を抑え、使い手に適した大きさに調整される機能が備わっている。

ダイヤモンドを瞬断できる切れ味を持つ。


予想通り、これも使い手を選ぶような物騒な代物だった。

ただ、これだけ性能のいいものばかり遺したというのは、それだけ瀬川雄太が同郷の者達に強い思いを抱いていた証拠だろう。この箱も刀のみだったので、そのままアイテムボックスへ送る。

「武器ばかりだったが、最後の一つは……防御用の道具って事なんだろうな」

四つ目の箱には、たくさんのアクセサリーが個別に包まれ、しまわれていた。

それぞれを鑑定してみると、瀬川雄太の優しさが感じられるものだった。

物理的な攻撃を防ぐ小手《こて》、精神支配を防ぐ指輪、簡易な結界を発動させる護符など、考えうる全ての悪意から仲間を守る道具が揃えられていた。

「すごいですね。人のために、ここまでの用意ができるなんて……執念といっても過言ではありません」

ナビはアイテムから瀬川雄太の強い思いを感じ取り、感動している。

「そうだな……それだけ彼は苦労したんだろう。同じ境遇の仲間達には、自分と同じ苦労をさせたくなかった。だからこそ、どんな事にも対応できるよう、こんなに色々と作ってくれたんだな……」

タクマも彼の深い情に感じ入り、思わず声が上ずる。

「彼は……瀬川雄太は一人でこっちの世界に来たのかもしれないな。そしてとても強かった。戦闘的な強さじゃなく、精神が強靭《きょうじん》だったんだろうな……」

タクマは自分に託された思いを改めて心に刻み、アイテムをしまった。

22 ダンジョンクリア

瀬川雄太の遺産をすべてアイテムボックスに収納したタクマ。

その目の前に、新たに二つの宝箱が現れる。これがエネルから伝言されていた、ヴェルドのアイテムだろう。

「さて……いよいよメインディッシュだな」

宝箱は金色のものと、銀色のものがあった。金色の宝箱は持ち上げられないほど大きい。一方銀色の宝箱は片手でも持てるくらいのサイズだった。

よく見ると、金の宝箱に一枚の紙が挟まっていた。

タクマは宝箱に挟まれた紙を手に取る。それは、ヴェルドからの手紙だった。

タクマさんへ
ダンジョン攻略ご苦労様です。
パミル王に言われたアイテムを用意しておきました。
計画には、アイテムの偽物を使えば問題ないと思います。
でもせっかくダンジョンを踏破したのに、それだけじゃ味気ないですよね……
というわけで、うまく活用してくれたら嬉しいです。
追伸：地上は本当に楽しいです！　みんないい人達ばかりで安心しました！
　みんなタクマさんの事を待っていますよ。早めに戻ってあげてくださいね。

ヴェルドより

呑気な追伸は置いておいて、何やら意味深な事が書いてある。

タクマは不安な気持ちを抑えながら、まず金色の宝箱を開く。中には金色に光る液体の入った瓶が、数えきれないほど入っていた。

タクマは驚きつつ、鑑定する。


『若返りの秘薬』

ヴェルド神が異世界の神の力を借りて作った神薬。

飲むと体が一番活力のあった状態まで若返る。その後、各種能力が向上する。

薬の色は金色。

副作用：飲んだ者は寿命が百年ほど延びる。

注意　：成長途中の子供が飲んでも若返りの効果はなく、能力が向上し、寿命が延びる。

　　　一番活力のある状態の者が飲んだ場合も、能力が向上し、寿命が延びる。

　　若返りの効果はあっても、不老や不死になる事はない。


タクマは呆気にとられた。本物の『若返りの秘薬』が用意されているとは……またその薬には、タクマが想像した以上の効果が秘められている。

「若返るだけじゃなく、能力が向上するのか……まあ、それにデメリットはないからいいとしても、寿命が延びるっていうのは考えものだな」

そもそもタクマは計画に必要なダミーを取りに来ただけだ。本物が欲しかったわけではない。

（大体こんなにたくさんあったら、争いの火種をなくすという計画が本末転倒じゃないのか……？

ヴェルド様、サプライズのつもりかもしれんが、いったい何を考えているんだ）

タクマがどう扱うか悩んでいると、ナビが神妙な口調で言う。

「マスター。この神薬はおそらく、マスターの家族のために用意されたのだと思います」

思いもよらない言葉に、タクマは驚いた。

ナビは素早く神薬の数を数えて、ヴェルドの真意を悟ったのだという。

「この神薬の数は、湖畔に住んでいる家族の人数分です。ヴェルド様はきっと、少しでもマスターと家族の皆さんが長く過ごせるようにと用意されたのでしょう。私はそう理解しました」

タクマはしばらく考えてから、口を開く。

「それがヴェルド様の気持ちなら、感謝すべきなんだろうな。だけど、みんなの意思はどうなる？それに、これが見つかったら計画が台なしになる。ひとまず誰にも知られないように保管して、あとで慎重に扱いを考えるしかないな」

ナビは、タクマに聞こえないくらいの声で呟く。

「おそらく家族の意思確認を終えたからこそ、量産された気がするのですが……」

タクマはナビの呟きに気付かないまま、金色の宝箱をアイテムボックスに収納した。

続いてタクマは、銀色の宝箱を開いて鑑定を始める。

『若返りの秘薬（ダミー）』

タクマ以外が鑑定すると、本物の若返りの秘薬と同じ説明が表示される。

タクマが一度鑑定したあとは、タクマの意志で本物と同じ説明を表示する事もできる。

薬の色は、本物の若返りの秘薬と同じ金色。

瓶も本物の若返り薬と同じ形。違いは、底に小さくマーキングがある点。

飲むと体から煙が上がり、周囲の目を逸らす事ができる。

体に対する悪影響は全くない。


こちらは計画にうってつけのアイテムだ。

タクマはホッとしながら呟く。

「うん……煙が出る仕かけはありがたい。偽装のネックレスを外すところがバレないよう、こっちで細工をする必要がなくなった」

タクマは銀の宝箱を閉じ、先ほどと同じようにアイテムボックスへ収納した。

これでやるべき事はすべて終わった。

タクマがそう思って少しぼんやりしていると、突然目の前に石柱がニュッと伸びてきた。

驚いたタクマはバックステップでその場を離れ、現れた石柱を警戒する。

しかし、何が起きるわけでもない。タクマは一歩ずつ石柱へ近付いていく。

石柱の上には、こぶし大ほどの大きさをした青紫色の石があった。

「まったく、心臓に悪い仕かけだな……うーん。見たところ、こいつは多分……」

石の正体に当たりはついていたものの、タクマは鑑定を行う。

『人工ダンジョンコア』
瀬川雄太によって作られた人工的に作られたダンジョンコア。
ダンジョンの難易度の調整や、所有者の変更ができる。
現在の難易度：S
現在の所有者：瀬川雄太

タクマはそのままダンジョンコアに手をかざし、自分の魔力を流す。

すると頭の中に、機械的な音声が聞こえる。

【新たなダンジョン攻略者を確認。所有者変更の手続きを始めますか？】

タクマは一瞬迷ったが、イエスと返事をする。

機械的な音声が再び始まる。

【所有者変更の手続きを開始します。希望を出した者の資格を調べます……魔力量及び魔力の質から転移者、または召喚者と確認。手続きを続行します……10パーセント……20パーセント……】

タクマは静かに手続きを待つ。

（本当はダンジョンマスターになんかなりたくはないが、他の転移者――例えばリュウイチ達に投げるわけにもいかないしな。難易度を下げて、パミル様に資源採取に使うか聞くのがベストだろう）

そんな事を考えていると、手続きが終わりそうになっていた。

【95パーセント……99パーセント……完了。このダンジョンの所有者は瀬川雄太からタクマ・サトウに変更されました。ダンジョンの難易度を変更しますか？】

今の難易度はSだ。普通の人間では一層で全滅の可能性がある。

タクマは難易度をAに落とすと告げる。

【難易度をAに変更します。モンスターの配置を変更しますか？】

配置はあとで考える事にして、タクマがコアに待機を命じた。

すると石柱は、コアごと地面に沈んでいった。タクマの頭の中に声が聞こえる。

【何か変更がある場合はこの部屋に来てください。この部屋を出た左手に、出口となる転移装置があります】

その指示に従い、タクマは何もなくなった部屋を出た。

部屋の外ではチコとルーチェが、心配そうに待っていた。

チコがタクマに話しかける。

「タクマ殿、ご無事で何よりです。中ではいったい何があったのですか？」

「ああ、部屋には転移者や召喚者のための道具があった。そしてこのダンジョンの所有者が俺に変更されたよ」

それからタクマは瀬川雄太の宝箱を見せた。なお、若返りの薬については伏せておいた。

ルーチェが複雑そうに口にする。

「所有者の変更……という事は、このダンジョンは存在し続けるのですね」

「ああ、けど問題ないと思うぞ。禁術は存在しなかったし、転移者の遺物も回収済みだ。危険はなくなっただろう。それと、所有者の変更をした時、難易度をワンランク下げておいた」

ルーチェはタクマに確認する。

「分かりました。では、タクマ殿。これで攻略は終わりと考えていいでしょうか？」

「ああ、これでダンジョンの攻略は終了だ。二人とも、最後までありがとう。こっちに転移装置があるらしいから、まずは外へ出ようか」

タクマ達はコアに言われた通りに進み、転移装置を使ってダンジョン入り口へ跳んだのだった。

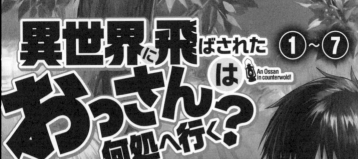

jitsuryoku-syugi ni hirowareta kannteishi
実力主義に拾われた鑑定士
〜奴隷扱いだった母国を捨てて、敵国の英雄はじめました〜
usuazimeron
薄味メロン
クセだらけの部下達を
万能鑑定スキルで育てまくろう!!
第13回 アルファポリス ファンタジー小説大賞
「読者賞」「優秀賞」W受賞作!

jitsuryoku-syugi ni hirowareta kannteishi
実力主義に拾われた鑑定士
〜奴隷扱いだった母国を捨てて、敵国の英雄はじめました〜
薄味メロン
クセだらけの部下達を
しがない鑑定士の俺、敵国の将軍に大転身!?
万能鑑定スキルで育てまくろう!!
「読者賞」「優秀賞」W受賞作!
魔法に弓術……少女達の眠れる才能が超開花!

この作品に対する皆様のご意見・ご感想をお待ちしております。

おハガキ・お手紙は以下の宛先にお送りください。

【宛先】

〒150-6008 東京都渋谷区恵比寿 4-20-3 恵比寿ｶﾞｰﾃﾞﾝﾌﾟﾚｲｽﾀﾜｰ 8F
（株）アルファポリス　書籍感想係

メールフォームでのご意見・ご感想は右のＱＲコードから、
あるいは以下のワードで検索をかけてください。

アルファポリス　書籍の感想　検索

ご感想はこちらから

本書はWebサイト「アルファポリス」（https://www.alphapolis.co.jp/）に投稿されたものを、改稿、加筆のうえ、書籍化したものです。

異世界《いせかい》に飛《と》ばされたおっさんは何処《どこ》へ行《い》く？ 11

シ・ガレット

2021年 7月31日初版発行

編集－田中森意・芦田尚
編集長－太田鉄平
発行者－梶本雄介
発行所－株式会社アルファポリス
〒150-6008 東京都渋谷区恵比寿4-20-3 恵比寿ｶﾞｰﾃﾞﾝﾌﾟﾚｲｽﾀﾜｰ8F
TEL 03-6277-1601（営業） 03-6277-1602（編集）
URL https://www.alphapolis.co.jp/
発売元－株式会社星雲社（共同出版社・流通責任出版社）
〒112-0005東京都文京区水道1-3-30
TEL 03-3868-3275
装丁・本文イラスト－岡谷
装丁デザイン－AFTERGLOW
印刷－図書印刷株式会社

価格はカバーに表示されてあります。

落丁乱丁の場合はアルファポリスまでご連絡ください。

送料は小社負担でお取り替えします。


ISBN978-4-434-29120-3 C0093